图书在版编目（CIP）数据

山谷里的时光：响堂村日记 / 陈卫新著 .-- 沈阳：
辽宁科学技术出版社，2024.8 -- ISBN 978-7-5591-3628-2

Ⅰ．I267.5

中国国家版本馆CIP数据核字第20240T3F81号

出版发行：辽宁科学技术出版社
　　　　　（地址：沈阳市和平区十一纬路 25 号　邮编：110003）
印　刷　者：广东省博罗县园洲勤达印务有限公司
经　销　者：各地新华书店
幅面尺寸：120mm×170mm
印　　张：10.75
字　　数：215 千字
出版时间：2024 年 8 月第 1 版
印刷时间：2024 年 8 月第 1 次印刷
责任编辑：杜丙旭 于峰飞 关木子
封面设计：关木子
版式设计：关木子
责任校对：韩欣桐

书　　号：ISBN 978-7-5591-3628-2
定　　价：78.00 元

联系电话：024-23280070
邮购热线：024-23284502
E-mail：158390570@qq.com
http://www.lnkj.com.cn

陈卫新 著

的
时
间堂
记

北方联合出版传媒（集团）股份有限公司
辽宁科学技术出版社

"在许多村庄，村里如果恰好有一位盲人
一位腿脚不便的人。"

并非「乡村生活

样本」的设计与

复制，而是让我

们寻找到另一种

非标准化的属于

自己的诗与远

方。』

——山谷里的时光

山谷里的时光。作者以72篇日记、随笔形成了春秋
随手现场拍摄的照片，随时修订的图纸资料，日
泥土的翻新，一种乡村演变中的诗意乡情。

地最好的朋友便是

山谷里的时光

『一段时间没回村里，邻居家的两只黑狗热情度降低了许多，与它们的矮腿差不多高。』

——山谷里的时光

『主舌没有兑旧

山居生活的美好回忆。乡村建设过程中的场景实录，□中天马行空的所思所想，让人仿佛重温一次农田

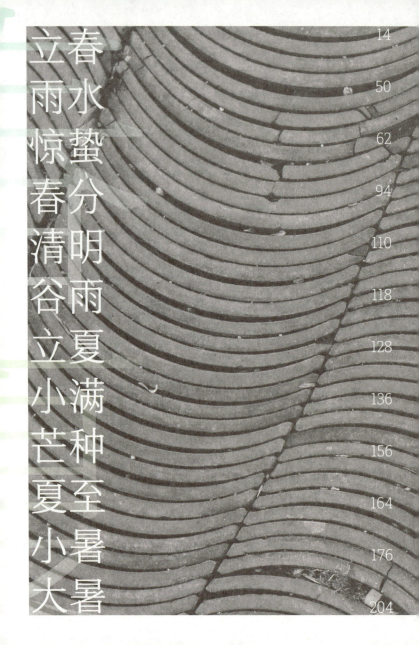

"和其光同其尘"，是2021年春为设计响堂项目时汇报用的标题。作为一名设计师，接触到乡村建设源于2014年的黄山。当时，我在黟县的碧山村设计了两个项目。一个是先锋书店店碧山书局，一个是猪栏·馔房工坊。先锋书店碧山书局的"以物表情"的设计理念产生于一次与村民的聊天。一个村民对于童年的追忆，我觉得好多乡村都充分了解"并在乡建中表达好时间与空间"的关系是乡村更新项目的核心。任何一次设计都需要一个完整的设计说明。因为总有在内心想清楚了、说清楚了，才有可能用图纸表达清晰。

响堂村所在的位置很特别，村庄住于老山腰部，三面环山。从村口到村庄的相对高差已经超过了50米。所以在空间的策划中，如何利用竖向高差变化产生的丰富层次，若无成为了思考的入点。同时，春夏秋冬，一年四季的变化对于一个村庄的影响总是巨大的，是需要去强调的。"山岩里的时光"是具体的入微的。关乎一朵花的开放一次展口，一季稻田里的山水相映。

在这个项目里，我除了担任响堂计划的文化与设计顾问，也亲担一些具体的项目设计，包括了三角塘、大台地、瀑演、大草坪的景观设计，以及六栋村民建筑的改造方案。其中包括了50号我的书房(新书房)，也就是我在响堂村的客厅。记录下在"家"里的所思所见。是我完整地参与这个项目工作的一部分。

陈日新
2026.4.29

壹

候玄鸟至
候雷乃发声
候始电

响堂为什么叫响堂

响堂为什么叫响堂？是响堂，还是享堂？这山里会有一座大墓吗？许多初到响堂的人都会产生这样那样的疑问。

我查过老山的历史名人，以及一些历史遗迹，宋代的张孝祥算是一个人物，他的衣冠冢及他的家族墓地在老山深处，但距离此地还有好几公里。假如，在响堂村的后面真的有一座大的墓地，又会是谁的呢？会是在哪里呢？这里曾经是南京市老山林场的响堂村，村里的一条主路，叫采石场路，石头早已经不让采了，只是远远地在大横山上留下几个巨大的阴影。

村子位于老山山脉腹地老山国家森林公园风景区内，有资料说，老山南麓佛寺众多，此处清代始有人居，因村内有名为"香积堂"的庵堂而得名，后人把"香堂"讹称为"响堂"。相较其他的猜想，我更相信这样的基于江浦县地方志的记载。

▲大横山

桃花林

桃花谷

村墅

大马营

宿里　嗨堂浦宿

桐月赁至桐山
新文房

▲兔子山

打铁
工作室

视觉裹家乐　堂屋

草药梯田

采石场路　空谷停车场

▲馒头山

观景台

观景台

响堂水库

响山美术馆

浦口区
人才
工作室

乡居小院

滨水民宿

半山云亭

骑行驿站

红色乡圈议事厅

光明路

玉糕塘

葫芦塘

泊山大道

游客中心

找出来的诗

#山谷里的时光#

响堂之所以让人印象深刻，除了山谷里的响堂水库，还有栀子花田。

第一届栀子花大会的时候，想在农田与草地的边缘加入一些诗歌。我说，干脆做一次诗歌展吧。诗歌也是可以展陈的，让文字形成一种独特的安静姿态，隐喻村庄正在发生的活力变化。

记得在十年前策划设计过一个文字主题的餐厅"从你的全世界路过"，那个餐厅的空间与菜品源于张嘉佳的一本书《从你的全世界路过》，在餐厅空间里我第一次采用了"讲故事"的方式进行设计，比如在室内入口门厅设置中巴车、斑马线、指路牌、红绿灯等，把一种对"全世界"物质与情感的期望引入室内，在室内讲述旅行与美食，并将"文字"转化为"材料"，形成新的文字与文学的活力利用。

后来，我把一组在重庆时写的短诗发给了运营团队的小洪，这组诗没有发表过，之前，一直收藏在手机里的一个文件夹中。我觉得这组诗非常适合当下的响堂。

江岸，
设有一艘铁驳船，
偶然到此的访客，
已经忘记这是一个码头了。
忘记甲板会生锈迹，
缆绳，会留下滑湿的水印。
没有人去探测洪崖洞，
由上而下的灯火，
我们提前停在一条逼仄的路上，
围成圈，各自交叉着握手，
交换雨季，还有江水下游的汛期。
在这个停电的下午，
我们没有担心
手机信号的波浪，
以及世界上所有汹涌的水流，
只是安静地面对，
岸边的森林，
一片打桩的声音。

荒野长满蔷薇，
早晨失去颜色，
玻璃瓶里的氧气，
刚刚保持新鲜。
雨水催促泥土翻新，
并抵消假设的香气，
与其，在一块黄底的标识前，
感叹岁月不居，
不如，去接一个固执的电话。
时节如水流回旋，
远来的声音，
比脚下的花浪来得真切。

朝向山的窗户

响堂

在这雨夜的尽头，
是谁，从茶田中间
弄醒着趣向光明的地方

风不大，
如同短暂的白天，
我们走过一棵杜英树，
破碎的雨滴，降临的地方
已经长成陌生的凉意。
我们去看了
更为年长的茶树，
它们被绳子围着，
背靠一片古老的石墙。
那些凝固的、稳定的枝叶
都有着苦尽甘来的滋味。
没有一种自由是自由的，
喊山台，只站得下我们的声音，
好久没有眺望远方的灯火了，
在这雨夜的尽头，
是谁，从茶田中间
奔跑着趋向光明的地方。

独角兽

从格子的间隙滴落,

那些老去的与即将老去的,

安放在最亮的炫目处,

安放在潮湿的背面。

手指, 沉入水盆,

一树的禽鸟便鸣叫,

生活远处的水分, 在春天

都有漩涡, 都有暗流,

所有贞洁的镜子

都在森林里寻找,

独角兽的目光。

深夜的枇杷园
滥泛着一种易见的光，
山下那些轻率的灯笼，
早早被虫子吵醒。
没有人相信决堤后的堤坝
有分量的石头早沉入水底
河水簇拥着微尘滑下。
我们靠近垂直的木栏，
手指与枝头的枇杷毫无交集
谁会用飞白画几颗枇杷呢
空气里充满气泡的味道。

枇杷园

我们走下台阶，
把聊过的一些事情
留在凳子发光的地方。
然后，忘记此前喝的酒，
忘记一片黑暗中
炉火铺红了桌面。

或左，或右，
他们把四叶风扇插在盔上，
一旦停下脚步，
雕刻的背光便金红波动，
此岸点着彼岸，
时间点着勇气。

头盔

打造一件头盔，
必须懂得抚触身体的边缘，
有时头发难免缠绕起来，
像是经过一阵真实的风。
拥抱一座江岛与白鸥，
如同水中叠石，
如同在桅杆上挂一面旗，
过往的人关心旗帜与风向，
他们小心翼翼。

春
天

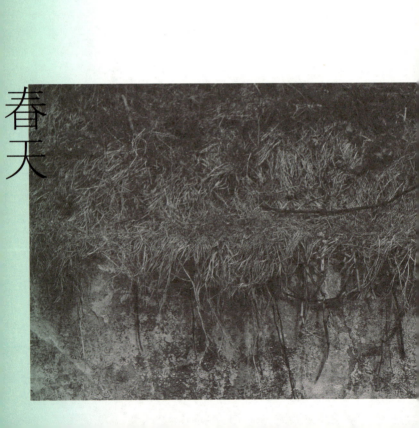

雨水一来，
我就想起了伞。
想起雨滴落在你肩上，
想起种子落进春泥，
我没有关于丰收的预见，
只是风来的时候，
会无端地想起一把伞，
以及伞骨撑开的声音。

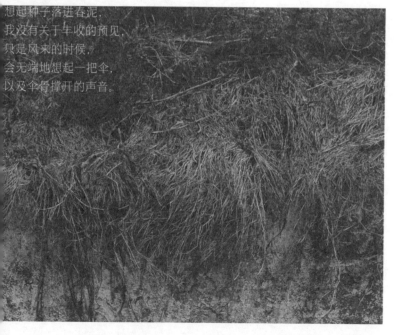

迷途

那一晚三点，
阳光浮在树叶的上面。

二月兰刚刚割完，
镰刀还闪着杂乱的光，
时间潜入石板，
逆时针旋转并跳跃作响。

我们怀疑每一条迷途，
但又总是相信捷径。

跳跃的颜色属于蝴蝶，
蝴蝶的翅展属于黑夜，
黑夜属于凉快的手指，
凉快的手指扣动的扳机，
如同穿越荆棘。

松软的初夏，
有枝头挂果的分量。

从大铜银巷步行至石象路，
一对骆驼端坐在各自的阴影里，
等待一颗果子在黑夜里落地，
就像一颗心要安放笑意。

还是三点以后再笑吧，
有的是机会。

嘲笑闪亮的黑夜，
当然也可以去笑
一位偶然经过的朋友，
他不知道石径消失的方向，
也就无所谓阳光下的夜晚。

早上的溪流

早上坐在溪边晒太阳，
溪流中的鱼，
如同一条飘带，
萎褪之中的粉色
桃花未尽，
绿颈的野鸭飞过来，
落在水中，又顺流而下，
旋又飞起，如此反复。
远山只为显得溪水清澈，
并赋予一层轮回的光。
好久不做梦了，
昨天也没有，
没有梦的睡眠总是有遗憾，
好像夜色很好，星光暗淡。

若是你允许，
我会在此安静地接受，
一个巨大的落日，
黯淡海的光芒。
那些收拢起来的花朵，
不必担心，刺须与浅海的鲂鱼，
它们伏在低草的间隙，
伏在一只野猫抵临的傍晚。
我只能，在侧面凝望你，
一丛群起的山子，
在沙滩外曼延，
就像路过一个迟到的人，
打开一扇窗。　　　　　　　　落日

在桥上

八扇屏的宫殿，
是一段枯萎的遗址。
当阳桥下水流平坦，
刚刚抵达的
围观者张着嘴巴，
传不出痛苦与花朵开放的声音。
这里没有人认识他了，
就像在餐桌上忘记冬季，
在巷口边忘记自行车，
在镔铁盔前忘记了
轮螺伞盖花罐鱼长，
锁字大叶连环甲衬了皂罗袍
才显得出黑的意义，
万里烟云的兽啊，
浓郁的胡须，雪地里条纹式的凛栗，
有指点江山的人说，
干燥的土壤，最吸引新鲜的死亡，
在尘埃落定之前，
我要把另一支蛇矛丢入玻璃杯，
然后看着那些早已熟悉的人，
不争不斗不进不退，
缓慢地踱步，永远地遥远。

松涧

我有五扇窗与两扇门
可以用来倾听
一个巨大的阴影，
后院中的那些果实
在花朵消亡的后面
沙沙作响，
饱满从来都是诱人的，
时光就堆在那里，
风一动便化了。
别再谈寒山僧踪，
禅是个枯萎的松果，
松针戳着掌纹，
命运何时才能收到。
以松涧边的山居留吟歌吧，
那样在道别的时候，
阳光还能推着后背
调正我们的声音。

翅膀

窗外，只能看见翅膀，
如同看见风，条纹状披散。
透明的翅脉，气管，神经的末梢，
下午重叠的茶水
是一盘散落的时间，
在春风里汩汩作响。
夜色夹隙间奔流而去的花田
伏在草丛的深处，
像许多短暂的荣誉，
一片脆弱的花瓣。

大福来

喜欢大福来。因为他们家的烤全羊是浦口区最好的烤全羊。除了羊肉好，风景也是好的。大福来的位置很特别，在村子的南端，靠近大台地，坐在大福来的院子里，面对的恰好是层层叠叠的药田。

在响堂计划启动之前，这家店就已经开了，老板娘也是南艺毕业的，有一次去，她正好不忙，聊过几句。我曾建议他们降低围墙，那么视线会更加开阔。同时，他们的经营形态也会更加外显。可惜，他们在后来的调整中并没有把握住时机。

大福来的羊一律是来自宁夏的滩羊，烤羊的技术也非常地道。烤全羊是要预约的，就像约了去等待看一场烟花。老板与老板娘是很懂经营的，他们的用人成本控制得很好，在他们的店吃饭，是只能点烤羊肉的。烤羊腿、烤羊排、烤羊肉串，除此以外，只有些黄瓜、西红柿什么的配菜，也许是因为足够新鲜，所以吃起来也就别有一番滋味。

贰

山雨

今日抄唐代僧人皎然的诗句。"一片雨，山半晴。长风吹落西山上，满树萧萧心耳清。云鹤惊乱下，水香凝不然。风回雨定芭蕉湿，一滴时时入昼禅。"文字由远及近，由大及微，极具画面感。于是想起响堂的雨。

响堂村第一届栀子花大会便是在雨中进行的。那天应该感谢天气预报的准确性，我们都穿上了提前准备好的薄雨衣，戴上了宽边斗笠，雨水轻轻地打在头顶上、眼前、耳边，真的像极了皎然的诗句。"长风吹落西山上，满树萧萧心耳清。"

响堂四面环山，最高峰是鹰嘴崖。"山雨欲来风满楼"，雨后常有一朵白云悬挂在山峰之上，如同卡通印花。有趣的是挂云的并不是鹰嘴崖，而是低了许多的大马山。估计幻变为大马山的那匹大马应该是匹白马吧。

用文字记录

邓永忠　孙良方　夏家珍　徐　枫　周家树译

陈　侗　杨令飞编

罗伯–格里耶作品选集

窥视者　在迷宫里　不朽的女人　幽会的房子

第一卷

EALS 06

实验艺术丛书

许多年前，去过广州的博尔赫斯书店，到达的时候应该是一个晚上，店铺不大，但是感受极温暖。因为之前买过几本陈侗策划出版的书，那是湖南美术出版社出的"实验艺术丛书"，白皮封面，印象深刻。他介绍了法国新小说派，当然包括了我喜欢的罗伯-格里耶的作品，《橡皮》《窥视者》《去年在马里昂巴德》等等。用罗伯-格里耶自己的话说，"新，就是研究其自身严密的一种叙述"。

那个时候，我非常喜欢小说，也写。写过一篇《张有亮的春天》，发表在《雨花》，算是处女作。罗伯-格里耶在他的文字里谈到过他的童年，他的外公，他的父亲，他谈及海岸的边缘柔软又充满厚度的草，屋外岩石的乍响，一只渐近的黑色飞鸟，一些烟絮状的隐喻与繁复的细节描写。

童年是每一个人的生命之根。还是应该承认，真正喜爱文学的人是不会放弃文字的。因为一种表达愿望与方式的形成，具有独特的惯性。

借景

"构园无格，借景有因。
切要四时，何关八宅。
林皋延竚，相缘竹树萧森；
城市喧卑，必择居邻闲逸。
高原极望，远岫环屏，
堂开淑气侵人，门引春流到泽。
嫣红艳紫，欣逢花里神仙；
乐圣称贤，足并山中宰相。"

这是《园冶》里说的借景。

对照眼前的风景，响堂恰同文中所写，"林皋延竚""远岫环屏"。我们所见一切，皆可借入。在50号、51号建筑往上，面对大马营山体最大的展示面上，我们补种了一些玉兰树，这样白色的花朵盛开的时候，会在绿色的大背景上形成云朵般的效果，随后开放的桃花林，栀子花田，形成了不同时段的大地之貌。当然这一切必然是我们规划设计时首选的思考问题。

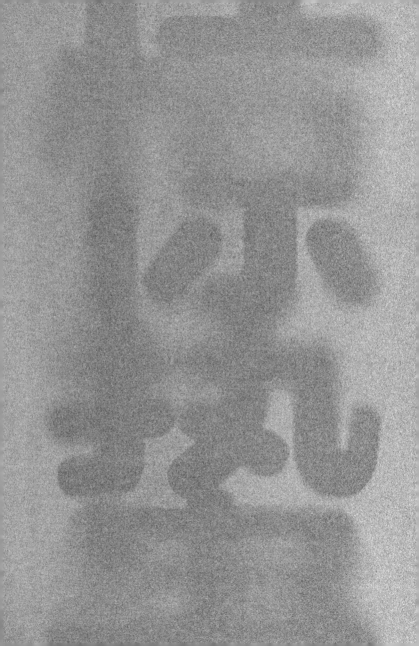

叁

———————————候桃始华
——————候鸧鹒（黄鹂）鸣
———————候鹰化为鸠

应时而借

"夫借景，林园之最要者也。
如远借，邻借，仰借，
俯借，应时而借。
然物情所逗，目寄心期，
似意在笔先，庶几描写之尽哉。"

响堂村里可"借"之处，实在是很多。响堂之"响"，
乡音也。响堂村位于老山深处，山谷之间。民风淳朴，
具明秀、静谧之美。此地盛产鲜花药材，尤以五月栀子
花最为盛名。每至端午节日，栀子花开，观者云动。

响堂以"响堂六景"为江浦乡里传说，"鹰崖夕照，桃
林朝晖，叠溪响翠，板桥步月，湖山浴马，栀子晓花"。
此六景因时而异，各具特色，引人入胜。

山泉叠溪，语出"春来响泉，叠溪屏障几曾收"句。溪
上置桥两座，一曰玉屏，一曰云岫，也称"玉屏云岫"，
每至雨季，山中激流湍击，水花溅玉，如云岫出山，蔚
然壮观，村南有积水潭，名香积塘，乃旧时香积堂之余
韵。村口有古木五株，或聚或散，宛如一家。树间设亭，
亭曰"响翠"，响翠者，山谷时光也。

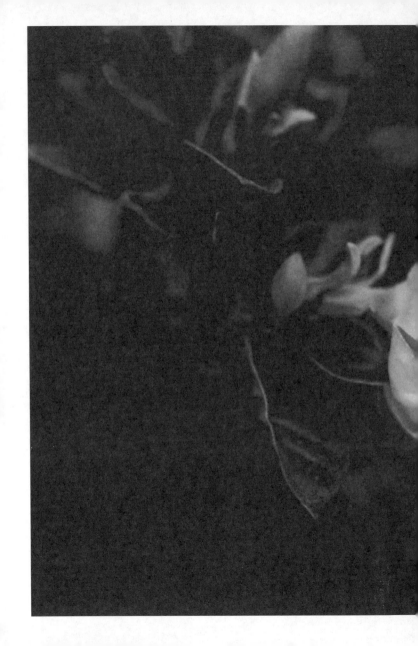

生长的建筑

怀旧是人的本能与独特情感，很久以来，建筑的"生长性"让我颇有兴趣。

小时候出生在故乡小镇的大宅院里，那是一座晚清时期的大院，四进四院，石础、木柱、白墙、黑瓦，许多有关房子构筑的细节渐渐遗忘，但是对于每一个院子里植物的记忆却越来越清晰，栩栩如生。记得第二进与第三进是各有一口井的，第二进院子里长有一株古石榴，百年以上，枝繁叶茂，常有飞鸟出没攀枝觅食。第四进院子里青砖砌筑的花台里牡丹枯死了，只是长了几丛肥硕的鸡冠花，强装富贵。

那些时间的痕迹让我记忆犹新。什么是永恒呢？所谓"设计"，不过是人们一时一刻的美好寄托，只有生长着的每时每刻，如同另一种静止，漂浮在时间的河流之上。

我在响堂村 51 号设计改建的"新文房"工作室，面积约150 平方米，上下两层，外墙采用了白色夯土涂料。这是一个半隐入山林的立方体建筑，通过不同高度"打开"的不同大小的孔洞，形成了一组二维码式的窗口，或者说形成了一组时光记忆的取景框，而取景框面对的，恰好是一株 60 年的青松。青松是村民自种的，为了庆祝他第一个儿子的诞生，据说孩子的名字就叫"青松"。

工作室一层是我成立的"乡村讲习所"的自修教室，算是一个文化交流空间。二层是我的个人工作区，将来也会通过艺术装置设计，留下乡村振兴文化交流活动的照片，这些时间性的美好记忆将成为"响堂·山谷里的时光"的重要组成部分。

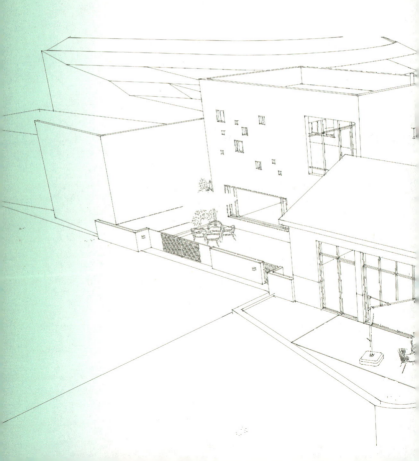

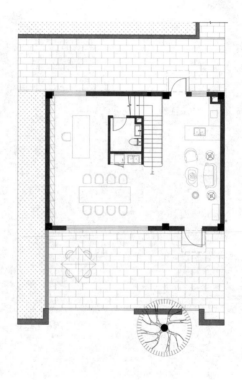

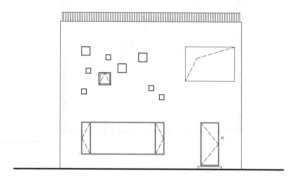

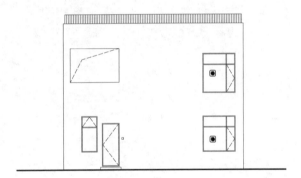

一墙之隔的 50 号，前面的一幢是响堂乡村讲习所，这幢建筑更临近乡村的核心区，在村口，与栀咖啡的建筑互为依托，形成一个半包围的外向式虚拟院落。最初的时候，我的设计思路就是要利用 50 号建筑，依托基地现状，做开放式呈现，这样可以充分适应"村口"这样的社交场所以及周边环境，同时协调原有村民建筑的尺度与比例关系，为整个村庄的建筑修建提供参考依据。

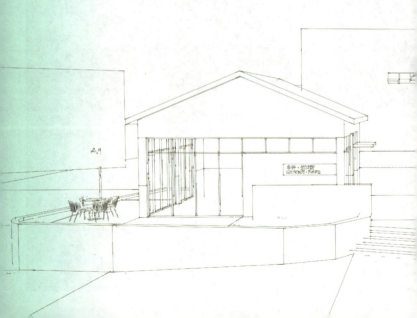

响堂北高南低，50号建筑是依山而建的，三面环山，万木葱茏，有声有色。我将原有的坡道改为踏步道，形成台地感，面对"响翠亭"，将流经全村的溪水一并收纳起来，形成空间相对的统一性与公共性。50号建筑的后进为万木草堂，一层为"讲故事的老万"直播书房，二层为老万的餐饮实验室，是一个非常个性化的空间。建筑平台以山石堆砌，形成山间台地高度上的层次，外立面采用土黄色夯土墙、透明玻璃，促进了人与自然的融合与互动。同时，也把"乡村讲习所"直接显现了出来。

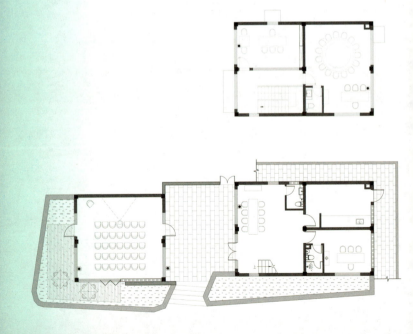

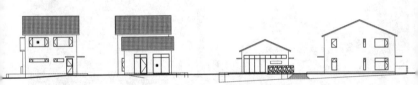

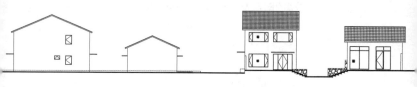

在首批示范项目中，还有一幢是王克震的工作室。因为他的工作习惯与工作方式，我将他的房子分成三个部分，生活区、工作区与接待区，同时连接有三处院落对应，风格也有些许差异。

建筑充分利用了原来建筑的结构形式，只是稍改了窗户与阳台，调整了"茶室"的方向。我与老万、王克震是响堂村的首批入驻"新村民"，但是从居住的体验度来说，三个项目中，我为王克震考虑得最多。甚至，在房子的最后面，还预留了一个窄小的院子，方便他自己独处。每次下雨的时候，就想到王克震家去，去他家的二楼看云。在我看来，他家二楼的阳台是村里最好的观光点之一。

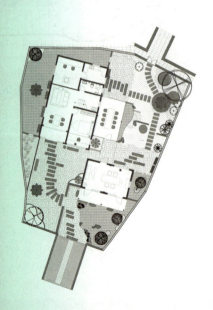

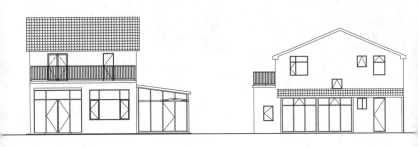

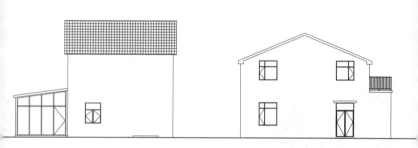

栀
咖
啡

成为网红，有时候是不需要理由的。村里小吴总的"栀咖啡"成了网红。周六的时候，我与李帆进去转了转，吓了一跳，大厅里竟然一个空位都没有。这件事发生在一个只有70多户人家的村庄让人觉得不可思议。

从响堂村开始建设，这个村子就受到很多人的关注。投资方浦口文旅，乡村里的原住民，还有参与响堂计划的新村民，大家也许都在思考乡村振兴的出路与意义，当然也在思考自己的选择与获益。每一个村庄都应该拥有属于自己的历史和故事，作为一个故事的讲述者，首先要有足够的节奏把握能力与文字表达技巧。应该说在栀咖啡出现这样一座难求的场景，充分说明了"冲突与和谐"的双向奔赴。

一种现代化审美倾向下的休闲生活方式，一下子出现在围炉烤火的村庄，图像学意义上的冲突感带来的视觉张力，以及"悬浮式"的时尚潮流的介入，显然与"接地气"或者"新农村建设"式的思考角度不一样了。这样的首发项目以及快速成果，更像是"响堂计划"的一个宣言。

肆

且将新火试新茶

"且将新火试新茶。"下午为王克震在村里策划了一场"家山宋韵"的作品展，并应邀写了一段策展前言。

寒食未至，新茶已来。宋词里说"诗酒趁年华"，王克震先生最好的年华就握在他的手中，炉火纯青，壶中日月。"打做"的时光，如同一系"宋韵"新品，江山青绿，各色光影。好水自然要配好茶，泡茶更要配好壶，"宋韵"好壶，源于宋人风雅，文房样式。老山一脉，素多好水，名泉有汤泉、琥珀泉、珍珠泉等，当地也曾有"温泉浴身，冷泉煮茶"之说。宋词大家张孝祥有首怀念故乡的茶诗，诗中佳句"赖有家山供小草，犹堪诗老荐春风"。可想宋时老山一带也植茶，制茶，煮茶，饮茶早已成风尚。

现在，王克震工作室落户响堂村了。此次展出的新作银壶，皆为宋风提梁，形态各异，或塞鸿扶摇，或高节踏歌，或一樽江月，或八方锦程。应该说以银壶煮泉，奉老山雨花的家山绿意，是可以想象的。王克震在他的小院子摆开他的茶席，恰如春风识面。几个东倒西歪的竹椅上坐了村里的兽医、药农与木匠，所谓的古今诗情也就汇成一席了。

老万的桐月春至

早上的响堂是空旷的，没有访客，没有骑行者。后院的树枝攀着几只珠颈斑鸠，"咕咕，咕咕"地叫个不停。都说早起的鸟儿有虫吃，想想虫子也真的可怜。早饭吃早了，也是挺麻烦的。看了一会儿书，没到中午就觉得饿得不行。

我隔着围墙门喊老万：

"老万。"

"唉。"

"帮我下一碗面。"

"啊。"

原来老万不在家，答话的是老万的父亲。当然，他是更有资格称作"老万"的。但在村里，老万讲的其实是万俊。在江湖之中，原来是有"大万"一说，后来被传为"大腕"。老万万俊就是一位南京城市记忆收藏的"大万"。老万早年毕业于南京艺术学院音乐学院，唱男高音的。唱过歌，拿过滁州市青歌赛大奖。不知道从什么时候开始，就喜欢上了收藏旧物，从此一发不可收。

十几年前，我在我设计的一个艺文空间"青果"认识了他。那时候，秦淮河边的青果是南来北往许多民谣歌手的集中地，几乎每周都有知名歌手在场。后来，帮他策划并主办了他的第一个展览"衣食住行——南京百年"获得了众多市民的喜爱与支持。老万除了收藏旧物，收藏南京故事，他还喜欢做菜。菜做得好，自评为"不正常厨子"。生活中许多事情是很难两全的，就像老万的爱好，许多事情又殊途同归，就像老万的桐月春至。

蝴
蝶

回到村里，天色已经渐暗了。邻居家的小黑狗又胖了一圈，跑起来浑身都在抖动。它先是走到青松下面的草地里逛了一圈。接着，便去追逐我院子里的野猫。之前，买过一包狗粮给它，所以，它以为此后是一直有得吃的。

春天的空气里，有一种土地即将翻新的味道，这种味道似曾相识，从大马营后面传递过来，仿佛打开一个抽屉，或是一个很久没有打开的衣柜。花已经半开了，桃花季即将到来。之后，还会有栀子花大会。晚上，与几个朋友在老万家吃饭，忽然有一只蝴蝶飞过来。门都是关着的。蝴蝶是怎么进来的呢？刚刚音乐正在放一首歌《雨蝶》。这是天意吗？

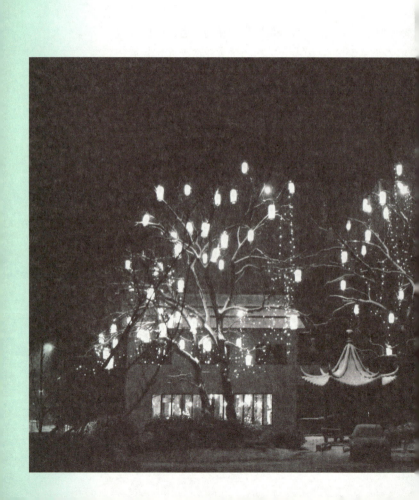

伍

听故事

所有讲故事的人都喜欢铺垫，我喜欢听故事。

山村里的风景总是在移动之中的，许多时候，人们显然没有发现这一点。傍晚，吃完饭，我反方向从大马营走向山下的桃花林。听村里人说，这里古时候便有一块七亩大田，田中为高阜，四边皆低，形如圆环。

村里有一个顾姓的富裕人家，家中独女美貌善良，知书达理。顾家欲觅乘龙快婿，以显达家门。不承想女儿与家里长工孤儿王小牛好上了。纸里终难藏火。顾家知此事后，便开出条件。他需在一日之中，插完七亩大田的秧，便允成亲。小伙子下田栽种，从凌晨到日暮，头腰都未能直。傍晚，顾家小姐提篮送饭，陡然一呼，王急抬头，直腰起身，用力过猛，口吐鲜血。顾家小姐不肯离弃，太阳竟也不再落山。顾家见女儿如此痴情，感天动地了，只能作罢，二人终成眷属。此后，大田稻米尽绝，渐生出桃花林一片，花色如粉。大田成了花田，这里的桃花花肥叶厚，色泽艳丽，一时香极。江浦乡人皆叹传奇，取名"花山转田"，以托二人忠贞赴美之事。

（传 20 世纪 50 年代村里曾出土白矾石刻碑一块，上有"花山转田"四字。）

风的样子

听说五桥刚获了一个结构设计奖。桥很漂亮，车行桥上，连续的白色斜拉索如同将风景一格一格地快速分开。想起年少时，一个女同学送给我的一个小纸条，

"风的线条"。

一直不知道是什么意思。眼下的一切是风的线条吗？

从海峡大道下，迎面而来的是老山徐徐展开的姿态，因为薄雾，山体更像是一个隐秘的剪影。上方的天际线蜿蜒起伏，流畅自然，只在前后山峦重叠处显得更加模糊一点，好像线条也有了轻重缓急。顺着沿山大道，过老虎桥，很快便到了狮子岭。在冬季，狮子岭是金黄色的，这种金黄裹着一点红褐色，甚至还有一些嫩绿色。生机勃勃的绿啊，生命的轮回，远远看去，茶田层层叠叠，少年依旧，何时新芽不是青春滋味。

之前与寺院里的法师约好，上午来给寺院的设计出点主意。中午便一起在斋堂用餐，在寺院吃饭是戒语的，而且要吃干净。豆芽汤是微甜的，像圆霖大和尚的字。早早地吃完了饭，果然也是一粒米不剩的，便枯坐着等，隔着窗玻璃看向的方位是一处深深的山谷，一棵巨大的斜向而来的乌桕正固执地伸展着。

老山的茶

11月29日晚，我国申报的"中国传统制茶技艺及其相关习俗"在摩洛哥拉巴特召开的联合国教科文组织保护非物质文化遗产政府间委员会第17届常会上通过评审，列入联合国教科文组织《人类非物质文化遗产代表作名录》。这件事的影响也许不久就会对老山及响堂的茶叶种植与销售产生积极作用。中国传统制茶技艺及其相关习俗是有关茶园管理、茶叶采摘、茶的手工制作，以及茶的饮用和分享的知识、技艺和实践。

南京传统制茶技艺由来已久，在历史上也曾有许多记载，在老山，种茶、制茶、饮茶的历史也很久远，宋代的江浦乌江人张孝祥虽迁居多处，仍有许多茶室留存于世。南京人王安石居住钟山半山园，写下大量山居诗歌，其中多首涉及茶。《寄茶与和甫》是王安石作的一首茶诗，"彩绛缝囊海上舟，月团苍润紫烟浮。集英殿里春风晚，分到并门想麦秋"。诗是寄给弟弟和甫的。

南京茶史发展至明代洪武二十四年，朱元璋下诏废团罢饼，改用瀹茶法，中国人从此用冲泡方法饮茶，茶叶进入寻常百姓家。南京当时有多种茶叶，牛首山的天阙茶、紫金山的云雾茶。老山位处江北，采茶期比江南稍晚，但所制茶叶汤色醇厚，味久耐泡，就像老山的山民，性格淳朴厚道。可想，在未来文旅发展中，茶产业可以作为老山产茶区的重要发展基础，响堂则能够成为茶文化的沉浸体验空间。

陆

桥

最近开始一个城市更新项目，七桥瓮公园。南京七桥瓮很有名，是中国唯一一座用瓮命名的桥。这个湿地生态公园原先的确是有一大片湿地的，但是由于近年来对于防汛救灾的需求，湿地面积已经大大地减少，但生态环境的美化依旧如故。

除了老的石拱桥，为了交通动线的连贯与完善，在水系上另建的一座钢结构的步行桥梁，因为过于现代，难以在我整体规划的"动静"两区的边界形成和谐的标示性。所以在这次的更新工作中，我将桥改为了红色，红色木桥早在唐代即盛行，更早的有"赤栏桥"，"灞桥折柳"的送别之意更不必说。白居易有一首写苏州的诗，"黄鹂巷口莺欲语，乌鹊河头冰欲销。绿浪东西南北水，红栏三百九十桥。鸳鸯荡漾双双翅，杨柳交加万万条。借问春风来早晚，只从前日到今朝"。红桥两侧又分别补上了几株柳树。

世上许多事情难以预测，空间之事唯有时间可以见证，而桥分明就是那个见证的场景，杨柳依依，生命永见于时光。就像王菲最好听的歌，其实是那首节拍缓缓的《乘客》。响堂村传说中的玉屏桥、云岫桥，过去到底在哪里呢？

一蓑烟雨

山谷里的时光

喜欢苏轼的文字，尤其是这首词，"三月七日，沙湖道中遇雨。雨具先去，同行皆狼狈，余独不觉，已而遂晴，故作此词。莫听穿林打叶声，何妨吟啸且徐行。竹杖芒鞋轻胜马，谁怕？一蓑烟雨任平生。料峭春风吹酒醒，微冷，山头斜照却相迎。回首向来萧瑟处，归去，也无风雨也无晴"。很久以来，我都觉得这更像是一篇上佳的散文。

现代城市人都有城市病，他们即使是来自乡村，在城市久了，也都会得这种病。他们在这个时代的高速发展中惶惶不安，所以他们需要消除一些疑虑与解决一些问题，这些疑虑与问题中，"乡愁"便是一种。在响堂村最初的文化定位里，我曾说这里是山谷里的时光，最近的乡愁。其实也可以理解为是治疗"乡愁"这种毛病的最近"诊所"，这个诊所没有医生，没有医疗器械，是一种场景差异形成的自愈。如果一定要开药，那应该是一种汤剂，是"一蓑烟雨"走来后一碗热乎乎的村宴鸡汤。

翠
微

最近，除了在老山，便是去城东的紫金山。在紫金山的半山，我设计改造了一条望山街。

在街上，我建议修一处歇脚的地方，平台叠级，可远观，也可以林下拾花。想起清代全椒人薛时雨有一联，"愿将山色共生佛，修到梅花伴醉翁"。愿望，终究是有一种迟缓的错觉，而山色湖光生出的佛心却是真实的，几层细密地铺陈开去的水纹，如宋人画水，松散而有音韵的词意。大树的枝干如臂交错，相互呼应，如同古木交柯一般。岸边没有一块浑圆的石头，这里的石头更像是生长中的小峰，突兀地从水里、从泥土中乍现出来。

在这样的天气里，一棵孤单的树，便是一颗怜悯之心。这处歇脚的亭子应该叫"翠微"最好。古时，清凉山的山顶便有鼎鼎大名的翠微亭，明代人的《游钟山记》里也有翠微亭。古人写池州翠微亭的对联，"延古趣翠微之上，敞虚亭幽鸟以还"，真好，幽鸟对翠微。我们在乎古意中新发的绿意，也在乎冷寂中的旁观的清醒。

柒

候蝼蝈鸣

候蚯蚓出

候王瓜生

写生

来响堂的朋友常对我说，你这样的状态真好，职业与自己的喜好有一种高度统一的感觉。我小时候生病，四年级休学了一年，每天坐在院子里发呆，所以养成了观察事物的习惯。

观察是要舍得花时间的，院子里的古石榴，老井栏，一只猫，几只飞鸟，甚至一只缓缓爬来的蜗牛。读高中时，大姐已经上班，送给我几本有关设计的台湾地区杂志，于是喜欢上设计，特别是室内空间，似乎更适合观察，更能向内寻求人的内心。

写生便是观察的一种延续。之前就听说，江苏省美协打算组织一个写生团到老山写生，也会到响堂。讲起来是写生，实质上更像是对我们响堂村乡村振兴工作的一次鼓励。上午，在工作室正忙着，接到一个电话，说周京新老师他们省美协的一些画家去村里了，所以赶紧放下手上的事，回村。赶到村里的时候，画家们已经分别找到自己的位置画上了。

图图说过，山水画家的写生，终究还是要"写其生意"的。是啊，响堂每一天的变化，都如同时光里的枝条，鲜活蓬勃。

肥
美

顾随先生在《驼庵诗话》中说，中国人写诗到成熟便多无弹力，即过于锤炼。设计亦如此。空间设计中过于成熟的简约，过于强调形式的锤炼，也就会少了"弹力"。没有弹力的空间与没有弹力的诗句一样，让人望而却步，没有亲和度与想象力。

中国的空间美学不仅是建立于"锤炼出的坚实"上的，而是随物赋形，随形生态。韩愈《山石》写"芭蕉叶大栀子肥"，一个肥字恰到好处。芭蕉叶大并非栀子花肥的前因，它们并列在一起，是一个时节性的呈现，一片满绿色的衬托中，栀子花的肥不是强烈的相互烘托的视觉效果，而恰是一种轻盈的柔美之意。响堂还有一种菜可以吃，诸葛菜，其实就是二月兰。在开花之前，它的基生叶比较有营养，用以煲汤、凉拌、炒食都可，能够清热解毒、润肺止咳、调节气血。

感
知
生
命

教育的功利性是时代大背景造就的。每一个人都身在其中。我向往的教育是"友学行知"，开放的学习心态，践行的学习方法。当下校友师门类的交际，有些逢迎献媚的关节尤胜商道。当然，西方也一样。排他性的学阀意识往往会让导师与学生都陷入一种自困的境地，不能建立起更加开阔的学习空间与生命感知。

相较，我更喜欢一种在生活与工作中的学习。比如设计一个庭院，顺便去学习园林。设计一个餐厅，就是要多吃几顿，最好再去后场看看菜式菜品制作的过程。设计一个乡村，就得体会到土地的重要性，时间的重要性，看得懂绿色与另一种褐色的差别，美好极了。

捌

关于白日梦

何平兄来做一个访谈，隔天整理出来，听说要交给《收获》发，标题有点意思，《文人的白日梦，或人民需要审美生活》。也许响堂计划就是另一种白日梦。访谈文案整理如下。

何平: 卫新兄，我们认识多年，也一起聊过很多次。而且，我们曾经有一个宏大的计划，想一起谈谈中国文学和建筑的时间和空间，想一起聊出一本书来。好像这个事情确实开过头，只是后来不了了之了。但是，即便我们已经算很熟悉，我对你的艺术生涯和代表性作品其实并不是很了解，你这个行当好像称作空间设计师，那就先说说你自己满意的空间设计作品吧。

陈卫新：空间设计的说法，其实已经是 2000 年后了，我们从事的行业出现是比较晚的，基本上广泛的意义出现于改革开放之后。在被称作"空间设计"之前，一般称为装饰设计或是装修设计，总之，门槛低，名称不太够好看，甚至很长一段时间里，委托方不能接受这样的费用。这就有点像说一位小说家，早期可能只是"写故事的人"，后来被称为"作家"，与一种"体面"接轨了。柏拉图说"美是难的"，对美的认知是一个漫长的过程，我们物质生活水平的提高决定了关于空间的审美，在变化的时光里，讨论"满意的作品"真的是困难的。因为一切都有可能。讲到"时间与空间"，其实我一直没有停止有关文字表达的想法。最近，我出版了一本小书《造园记》，主要是汇集了一些我参与的相关庭院园林的项目。这本书刚刚获得"最美的书"称号，书籍本身的设计理念也是来源于园林。

何平：我看到这个周末 11 月 20 日南京先锋书店《造园记》读者见面会的宣传推送了。想不到你从事室内设计行业已经三十年。《造园记》这三十年你主持和参与设计的十二个有关园林庭院的项目，对应每一年的十二个月，春夏秋冬，四季循环。这有点向强调人和自然相处关系的中国古典园林传统致敬的意味。在南京，你的设计工作室每五年搬迁至一个新的地方。这十二个项目与此相关。你把这样的"移动式"工作室比作"水上泛舟"，其中包括三个隐喻，或者说是包括了三种不同角度的思考：交游、考据与创见。显然，室内设计和你说的装修设计已经完全分野了，前者是艺术家独立的艺术创造，后者则可以对比手艺人里的匠人。而且，交游、考据与创见还不仅是一般艺术家所为，它们里面包含了文人、艺术家的日常审美生活。

你的作品很多是日常生活空间。在南京，不少所谓"文艺范儿"的休闲地标，像柴门、云几、未见山都和你有关系；也是在南京，到一个地方，说这个空间是"陈卫新设计的"，好像就有了一种预先的审美想象。事实上，日常生活的审美化、文艺范儿或者说文创化推动着中国城市空间观念的演变。以南京为例，这些年类似的社区和空间越来越多，你如何从这种角度理解你生活的城市和日常审美生活？

陈卫新：就像我之前讲的，一切都有可能，因为一切都在变化之中。在 20 世纪 90 年代的时候，人们的收入与物质生活水平不断提高，有关日常生活的审美需求也越来越多、越来越个性化。从城市建设来说，中国城市化进程大幅度拉升，新的规划理念，新的商品房，新的文化设施，新的商业模式，让城市充满活力。这样的"活力"表现于设计方面就是你讲的审美化。城市居民已经不满足百货商场的空间氛围，不满足新华书店柜台式的售书，不满足家里只用油漆涂饰地面。他们开始通过"设计"这个桥梁，试图抵达更加遥远也更加美好的有关生活的个人理想。

可以这样说，那个时候的中国式设计与许多行业都很像，处于一种"信息化整理与平移"之中，我们对于各种美化空间的描摹都是朴素的，直接的，讲求效率的。随着时间的流逝，这种被需求式的服务设计逐渐提升为主动式的创意设计。对于空间设计理念的重要性，我一直是比较强调的，也许正是因为这一点，我设计的空间总是让大家有一些特别的印象。

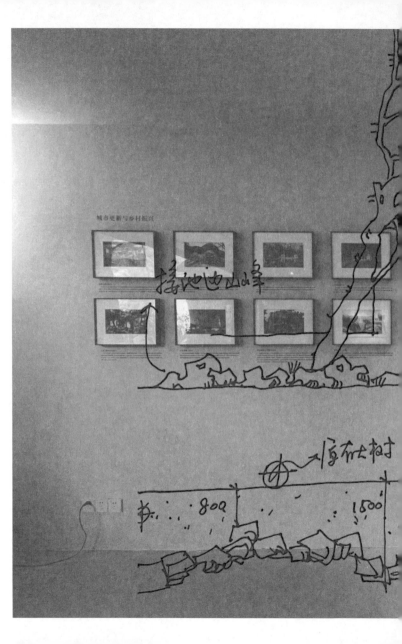

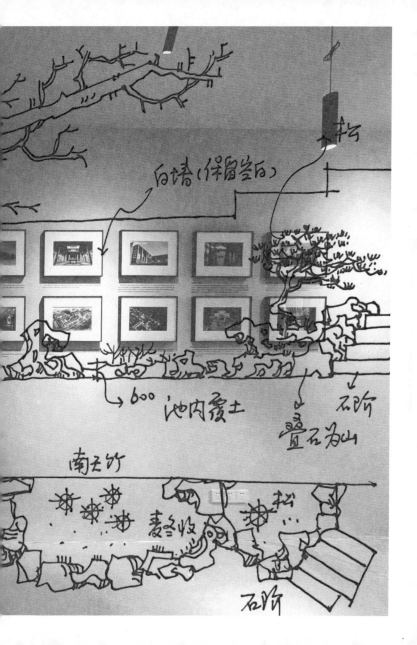

何平：其实，"设计"审美化不止是人民需要审美的时代要求，从你参与的项目，包括这本《造园记》的书名，以园林为代表的中国古典空间设计艺术，是你重要的灵感来源，也是你自觉的身份体认。所以，我们会在那么多从事空间设计的设计师里要指认你为艺术家。你主编《中国室内设计年鉴》好多年，我在孔夫子旧书网上看到你编著的图书涉及民宿和酒店等等，民宿在中国发展很快，可以就你了解的情况，谈谈中国民宿的现状和前景。

陈卫新：是的，今年是《中国室内设计年鉴》第十八年。室内设计这个行业其实非常年轻，我一直都很关注中国室内设计的发展。年鉴是对中国室内设计发展的一个客观记录，得到了许多同行的认同与尊重。其中收集了几代中国室内设计师的代表性作品。民宿在前几年很热，我曾经主编过《民宿在中国》，中文版、英文版同时发行的，销售也很热。"诗与远方"，曾经是被民宿引用最多的文学性语言。我认为民宿业的兴盛，表现了一种市场状态与市场需求，民宿一方面补充了酒店业个性化服务的空白，另一方面呼应了年轻人，或者说文艺青年们对于美好人居环境的向往。目前，因为疫情的影响，民宿业与酒店业一样，都正在困境之中。但是我相信，未来，民宿业的升级模式一定还会卷土重来。

何平：依你看，民宿也是呼应了人民对审美生活的需要。就我所知，你参与了不少城市改造的项目。每个城市都有自己的城市记忆，像南京，就有不少古都和近现代历史遗存。你觉得在城市改造过程中，如何尊重一个城市的记忆？

陈卫新：我参与的项目主要集中在长江下游沿线，与大运河江苏段沿线，这是一种主动式参与，因为我觉得这一横一纵的两个地带，恰恰是江苏最有魅力的所在，特别是一些古镇与古村落更值得我们重视与珍惜。每一座城市都有自己的城市记忆，南京也一样。我爱南京。南京被称为六朝古都，也有许多优秀的近现代建筑，在城市化进程中如何保护利用好这些文化资源，如何让一座城市的集体记忆得到更好传承，是我们所有参与城市建设的人都非常重视与警惕的。

历史上，我们曾经损失了许多优秀的近现代建筑，这样的事以后不会再发生，因为城市肌理的重要性让越来越多的人在意，"千城一面"是城市发展的负能量。城市是时间的容器，我们都沉浸其中，唯有尊重这种空间中的时间性，才能把握好时间中的空间设计。

何平：你这样一说，我倒是意识到你的气息确实属于长江下游，属于文化江南。这里是中国古典园林文化发育得最盛大的区域。这就能理解你文人化的自觉。也因此，文学对你而言是很自然的，不是所谓跨界和扩张，是和你的艺术同体的。你写过诗集《夜晚后面的西花园》和随笔集《鲁班的飞行器》《造园记》等，《在时间的河流上》则更是由苏童、毕飞宇、叶兆言、薛冰、韦力等联袂推荐。当然，你可以说，这不过是图书宣传而已。但是，我并不这样看，你的随笔我读过，也给你的《鲁班的飞行器》写过书评。

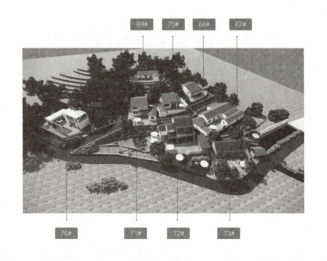

虽然我的书评好像因为在鼓励一种精致的旧生活，答应发表的报纸觉得"不正确"，后来没有发表，但我认为，你的文字和设计一直都有着你对什么是理想的日常生活的想法，你的文学和设计即你的想象和实践的生活。

陈卫新：是的，我一直认为我们的工作实质是生活的一部分，而不是许多人想象的两者分离。特别是当下，手机已经成为一种常态化的办公工具。就像你曾经说过的"白日梦"，做设计有时候的确是造一个梦。讲起来有点传奇，大约是高中二年级的时候，我就决定要从事室内设计这个行业，尽管之后费了不少周折，但最终还是实现了这个梦想。

对于文学的热爱也是起源于少年时期，喜欢散文，我便读明代的小品文，读鲁迅、梁实秋、沈从文、汪曾祺的文字。喜欢小说，喜欢法国新小说派罗伯-格里耶的作品。后来因为设计南京先锋书店，又常与南京的一批作家朋友见面小聚，除了你，如苏童、叶兆言、毕飞宇、薛冰、贾梦玮、黄梵、育邦等人，与这些作家的交往对于我的写作来说都是很好的学习。南京一直有着很好的写作氛围。如果说设计让我更加接近生活的细枝末节，写作则让我保持节制与清醒，还有跳离的观望。

夜行

下午来客，聊及张謇与他在南京的日子，聊到全椒的薛时雨，聊到了通扬运河。通扬运河是一条非常重要的河流，因为重要，所以显出一种常常要被人遗忘的感觉。此运河与京杭运河交织，连接成了南京、扬州、泰州、南通的水上交通格局。从前，张謇每每回乡皆从河上舟行。他的日记里说，有一次夜宿江都，从江都带回去十盆不同色的月季，甚至其中有一株是双色的。他将月季种植在新建的房子边，赋诗记录。月光之下的月季，何其美哉。

南京多文士，在一个相对封闭的日子里，翻一翻前人的文字，是否算得上有清心降压之效呢，比吞几粒胶囊强吧。晚上又读一读陈三立、王伯沆的手札，如同在一页手绘的旧地图里寻找出南京文脉。

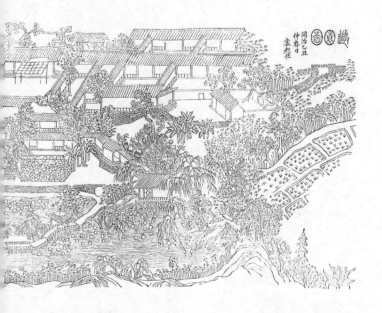

十竹斋

新文房要换竹子，院子里原来是有竹子的，翠竹或是刚竹，总之是直直的粗壮的几排，因为施工队栽种时"杀了头"，所以一律傻傻地站立着，毫无姿态可言。

也不知道为什么，忽然就想起《十竹斋笺谱》里的竹子了，那算是古代君子修身雅玩及入世出世理想化的合集。《十竹斋笺谱》序言中说，胡正言在屋前种竹十余杆，因名十竹斋。竹作为君子象征是其中的一个重要主题，有十余页笺画表现了竹在风雪云雾之中的挺拔身姿，寓意谦谦君子不受外扰，坚守本色的风范。有学者研究发现，《十竹斋笺谱》中这些竹君子的寓意正是取自王维"思君共入林"的诗意。

在久远的上古时代，湘妃滴在竹枝上的泪斑成为爱情的象征。晋·张华《博物志》卷八记载："尧之二女，舜之二妃，曰'湘夫人'。舜崩，二妃啼，以泪挥竹，竹尽斑。"西汉卓文君也曾在《白头吟》中写道："愿得一心人，白头不相离。竹竿何袅袅，鱼尾何簁簁！"诉说了与司马相如的千古爱情。

君子风流，《国风·卫风·淇奥》曰："瞻彼淇奥，绿竹猗猗。有匪君子，如切如磋，如琢如磨。"竹林七贤则将竹与高雅君子的隐喻关系升华到了一种新的精神境界。又过一百年，王羲之的第五个儿子王徽之对竹感慨道："何可一日无此君？"此后再过七百年，苏东坡说："宁可食无肉，不可居无竹。无肉令人瘦，无竹令人俗。"居有竹成了高雅和世俗的分界。

除了爱与雅之外，竹的寓意还指向孝。《十竹斋笺谱》卷三孺慕刻画了"孟宗哭竹"的故事，孟宗为满足病中的母亲想吃竹笋的要求，秋天在竹林中哭泣，感动天地而生出竹笋。文献记载东汉章帝三年，"有子母竹笋生于白虎殿前，谓之孝竹，群臣皆献《孝竹颂》"。

想到这里，注意力难免从竹的风韵跑到竹笋的味道上了。苏轼在《初到黄州》里也说到，看到漫山翠竹，居然能感觉到竹笋的清香。孟宗哭出的嫩笋想来是春笋，细长洁白，口感清新。矮胖的冬笋则是毛竹笋侧芽生长出来的笋芽，长不成竹子，需要熟手找准位置挖出，更加细腻柔嫩，也别有一番风味。

玖

一候螳螂生
二候鹏始鸣
三候反舌无声

两个小娟

隔壁邻居站在门前的斜坡上，远远地看着大马营方向。从我的角度看过去，好像没什么事，走近了看，的确也是没什么事的样子，但是又好像是有点什么事的。

大马营舞台那里的音乐响起来了。村里要开栀子花大会，请了乐队来表演，小娟是"山谷里的居民"乐队的主唱。她穿了长长的白色衣衫，戴着草帽，一种浅色的宽边草帽，从木栏杆边走过，像一个时代的缩影。舞台搭建在水稻田的前面，大马营的草坪成了观众席。

其实，在响堂村也是有一个小娟的。外地人，嫁给了村里的村民，便成了响堂村民。村里的小娟很会表达，语言也真诚，从时间角度来说，她也算是新村民。村里聘了她作为响堂村的讲解员，每次见到她，她都是急急匆匆的样子，头戴耳麦，腰上别了小小的扩音器，偶尔会发出一阵嚣叫。那些蓝天上的白云，经过山头，有一朵停在大马山的南端，如同身临其境的窥探。

我不知道，在今天的栀子花大会上，两个小娟有没有对话，但记忆中她们都上了舞台。就像一个村庄产生的新意，一定是外来的力量，比如两个都叫小娟的姑娘，比如高天流云，雁在他乡。

栀子花大会

作家毕飞宇受邀来参与村里的活动。好久不见，聊了许多闲话。在新文房工作室的二楼阳台，我设计了一个可以抵达屋顶的旋转楼梯，我们在楼梯旁拍了一张照片，作为纪念。记得他好像为响堂写了一页什么字，还与我们的社区书记杨晓玲拍了合照。我想他今天的心情应该是不错的，像一个少年。

我们聊到他曾经写过的一个短篇《地球上的王家庄》，我一直以为那是一篇非常好的短篇小说。那个放鸭子的少年曾经深深地触动了我，所谓乡村与城市，小舟与天地，个人与世界，无非是时间与空间。"每天天一亮我就要去放鸭子。我把八十六只也可能是一百零二只鸭子赶到河里，再沿河赶到乌金荡。乌金荡是一个好地方，它就在我们村子的最东边，那是一片特别阔大的水面，可是水很浅，水底下长满了水韭菜。"就像小说里的文字所述，一个少年对世界与村庄的理解与想象是眼前的，也是未来的，是短暂的，也是长久的。响堂村的未来，如果忽略了空间里的时间性，也许就会失去对规划方向的判断，进而形成一种障碍。

悟空『芒种』

今天的天气不错，对面大马山的山顶上一直飘着一团白云。稳稳的，似动非动，仿佛孙悟空脚踩的祥云。很多时候，我们把神通广大的人称作"孙猴子"。孙行者的名称的转换，充满着命名行为背后的隐喻。

"这股水乃是桥下冲贯石窍，倒挂下来遮闭门户的。桥边有花有树，乃是一座石房。房内有石锅石灶、石碗石盆、石床石凳，中间一块石碣上，镌着'花果山福地，水帘洞洞天'。"可以得见，在孙悟空的称谓变化中有美猴王、孙悟空、齐天大圣、斗战胜佛四个阶段。但其中，只有自称作美猴王的时候，他才是真的懂得洞天福地。

美猴王为自称，充满了满足感。不满足了，便要去求道、学习，须菩提老祖为他取名孙悟空。虽然并未悟空，也算是学了一些本领。用现在来说，便是有了学历。齐天大圣是玉皇大帝封的，有点类似大师这样的称号，听起来很有力，细想想又有点不踏实。美猴王名字为天成，得猴间真烟火气。孙悟空名字为学艺所得，师门气。齐天大圣名字为虚妄所得，道家气。斗战胜佛封号为苦难所得，佛家气。对于天性烂漫，此后三者皆不如初。我一直以为《西游记》为儒道释三教合流的小说，也许是一位"不成功"读书人的托言。

拾

一候鹿角解
二候蝉始鸣
三候半夏生

傍晚

今天没去村里，在城里连续开了三场会。傍晚的时候，大家约了在一家有院子的餐厅吃饭。停车、扫码、测体温。一位朋友在抽烟，抽的是一种手卷的中药叶。可见习惯动作的重要性常常是要大于内容的。我们站在刚刚修剪过的草坪上说话，对话没有什么方向，有一搭没一搭的。灯光亮起来的时候，让人误以为此地马上会有一场简约式的婚礼。我们彼此举了举杯子，喝下了冰镇的酒水，咧了一咧嘴。傍晚是容易产生错觉的，在树荫底下，靠近一阵鸟鸣的黑暗里，我隐约感觉到那位朋友打了一个饱嗝，欲言又止的那种。她用手遮了遮嘴，又平静地说，再过一会儿就要下雨了吧。是啊，可能真的要下雨呢。

花园的旁边是一个超市，此刻，远远地传来摇摇车的音乐，"昨天我打你的门前过，你正提着水桶往外泼，泼在了我的皮鞋上，路上的行人笑得咯咯咯"。这首歌，我非常熟悉，熟悉到我马上可以把歌词写下来。儿子小的时候，我几乎学会了所有能够学会的儿童歌曲。

"你的孩子也大了吧。"

"嗯，明年就要读五年级了。"

"时间好快。"

"是的，时间好快。"

也许是疫情防控的缘故，这个晚上，整个餐厅只有我们一桌客人，落地的玻璃大窗里，另外几个朋友正在举杯，头发蓬松的老板在通道里走来走去，像一只来回觅食的公鸡。后来，这只公鸡打开了门，向我们用力地招手，"快点来，快点来吧，烤肉好了"。

食单

响堂村过去属于老山林场，以伐木、采药为主要经营方式，他们的田很少，每家每户都只有一点菜地，种了些自家日常用的蔬菜。后山才是村民们最关注关心的地，山里产药产野菜，响堂的黄精、桃胶、野蒜等都是很好的保健滋补品，栀子花大会时，村里用竹篮装了做礼物，不知道嘉宾们回家后有没有好好地用，好好地吃。

几年前，在南京中医药大学老校区里设计过一家养生主题的五季随园餐厅。淮扬菜为主，特色菜是专门研发的《随园食单》里的菜品。性灵派诗人袁枚是鼎鼎大名的美食家，他创作的《随园诗话》与《随园食单》可称双璧。有趣的是，这两本书是同时期写作的，以诗意喻美食，以食养喻诗情，有点左右开弓的意思。

袁枚"退休"前做过几处地方的县令，江宁、沭阳、溧水、江浦，老山便属江浦县，江浦县老的县衙旧址距离响堂村并不远。我在江宁、沭阳、溧水都设计过"随园主题"的餐厅，所以很想把五季随园餐厅推荐给村里，可惜，他们未能谈成合作，也可惜了响堂满山的食材。

响堂白片鸡

邻居家的两只小黑狗非常热情，每次回到村里，只要听到我车子的声音，马上便会从旁边的大坡子上俯冲下来。其中有一只全黑的，四足雪白，脖子上戴了红色布条编结的项圈，可爱至极。

新文房的院子前面是有一块空地的，是早先我预留出来的，一方面便于停车，另一方面是为了让院子前面显得更加开阔。院墙也降低了许多，只有一米二高，这样视线也就更通畅了。许多时候，乡村振兴的实质与城市更新是一致的，人与人、人与建筑的和谐关系永远是城乡发展的基本，封闭式的关系不符合现代人的心理需求。新文房屋子的后面是一座小山，在山上偶尔能遇见散养的土鸡。老山的跑山鸡吃草丛中的虫子，足长体健，羽毛亮丽。几乎所有到过新文房的人都会不由自主地问，你们这里的鸡肯定很好吃吧。是的，是真的好吃。

袁枚《随园食单》中很多记录都来源于他的生活经历，他曾任溧水、江浦、沭阳、江宁县令，在江浦时虽然时间不长，但因县衙距老山只"一箭之地"，经常入山赏玩。袁枚推崇"大味必淡"，所以除了黄精炖鸡，他更推崇白片鸡。响堂白片鸡，讲究使用尚未生蛋的雌鸡，鸡皮脆滑且肉质鲜嫩，皮黄、肉白、骨红，除了原料的精选，蘸料配方更是秘法研制。

《随园食单》羽族单里专门写到白片鸡，"肥鸡白片，自是太羹、玄酒之味。尤宜于下乡村、入旅店，烹饪不及之时最为省便，煮时水不可多"。在响堂，除了白片鸡，冬季下雪的时候一定要在院子里做一次围炉。真的，想喝一碗温暖的黄精炖鸡汤。

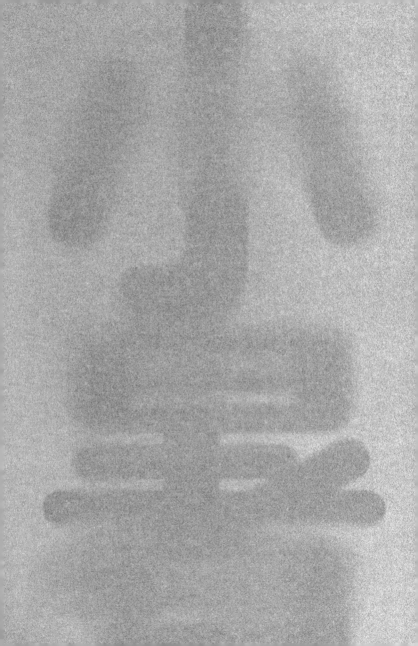

拾
壹

一候温风至
二候蟋蟀居宇
三候鹰始鸷

后山

后山的路，是最适合散步的。这样的美好，我甚至没有在其他地方遇到过。老万的"不正常厨子土菜科研室"虽然生意很好，但也不是每天都忙。不忙的时候，我们会一起去后山走走。

有一位农学院毕业的朋友，他做过一个蝴蝶园，颇有心得。我想，响堂是不是也可以在种植中药材的基础上，再种些杜衡呢，据说中华虎凤蝶最喜欢的便是杜衡。蝴蝶生命需求很低，不过就是些花粉蜜水，而飞行主要依靠的是太阳、太阳能，它们翅膀上的鳞片可以产生90%的太阳能转换，真的是难以想象，而人类目前对于太阳能的最大利用率约为70%。

在后山，除了蝴蝶，萤火虫的养育也是好的，萤火虫分水生、陆生、水陆两栖，大多数是喜欢有湿度环境的那种。事实上许多雌虫是不飞的，从后山奔流而下的溪水，以及泄洪沟长期幽闭湿润的微环境，在夏季，一定能让来响堂的人看见它们隐于深林的微光。

响堂诗歌展

今天真的太忙了，忙得几乎忘记了自己为什么忙。

之前给育邦打电话，请他又帮我约了几位诗人朋友的诗歌截句，发来的时候已经是晚上十点多了。夜晚的响堂是极安静的，除了虫鸣，便是间歇有人经过带来的一阵狗吠。许多时候，自己也觉得对于村庄形象的记忆是模糊的，好像与当下的村庄已经大不一样了。

乡村生活是什么呢？是城市居民对于"乡村"与"乡愁"的盲目想象，还是我们认为的"乡村"已经去而不复。生活就是过日子，我每天的"抄诗一页"，更多的时候已经成为一种过日子的惯性，跌跌撞撞，一路往前。用毛笔书写是快乐的，读诗也是，算得上是件美好的事。

在这雨夜的尽头，
是谁，从茶田中间
奔跑着趋向光明的地方。

——陈卫新《向山的窗》

风吹树林，从一边到另一边，
中间是一条直路。
我是那个走着但几乎停止不动的人。

——韩东《风吹树林》

亲爱的，那棵树有你的腰，
那棵树上的鸟儿发出你的尖叫，
那棵树的影子，
是阳光为你写的传记。

——黄梵《观树》

桃花未尽,
绿颈的野鸭飞过来,
落在水中,又顺流而下,
旋又飞起,如此反复。

——陈卫新《早上的溪流》

山间午后,
我慢慢看懂了云雾的起落。

——黄梵《象征》

我已经走进了泥土，
但人们将我挖出来。

———朱朱《小瓷人》

我们以为我们可以爱一个活着的母亲，
其实是她活着时爱过我们。

———韩东《我们不能不爱母亲》

蛞蝓从地下，捎来口信——
朋友们将在山冈上重逢，
桃花和酒，同时抵达。
最后的见证。

——育邦《见证》

门被一阵风吹开
或者被一只手推开。
只有阳光的时候，
那门即使没锁也不会自动打开。

——韩东《奇迹》

我们怀疑每一条迷途，
但又总是相信捷径。

——陈卫新《迷途》

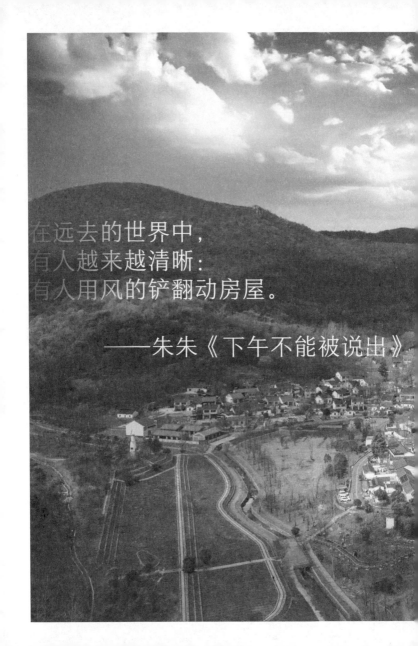

在远去的世界中，
有人越来越清晰：
有人用风的铲翻动房屋。

——朱朱《下午不能被说出》

深夜的事物就只有
眼前的这条直路。
河水奔流在附近的黑暗中。

——韩东《默契》

萤火虫，总是这样忽明忽暗，
正像我们活着
却用尽了照亮身后的智慧。

——叶辉《萤火虫》

当星光抵达的时候，
那颗星星已经死了。
我们看见的又是什么？

　　　　——韩东《星光》

最快修复的，是那些
反复消逝而又点燃的萤火虫，
夤夜中沉默的种子，
此岸与彼岸，同样发光。

——育邦《最快修复的》

我不能告诉你他是谁，住在何处，
因为一旦说出来，某个院子里
疯长的荒草就会死去。

——叶辉《一棵葡萄》

你从渺小的群山走出来，一直走，
一直走，走到永久那么久。

———育邦《草木深》

至少你有一半的美来自倒影——
运河，湖，雨水，唐朝的月光
以及更早的记忆。

——朱朱《丝缕》

一丛群起的山子
在沙滩外曼延，
就像路过一个迟到的人，
打开一扇窗。

——陈卫新《落日》

白鹭和野鸭，它们之间的静谧
隔着白光和灰暗的倒影，
隔着不同的时代。

——叶辉《野鸭与白鹭》

我像前来觅食的候鸟，外面是隆冬，
风中行走等于背负整个家庭。

——朱朱《彩虹路上的旅馆》

苔藓、刺槐树
沉浸于古远的静谧，
冬夜，
中国庭院中，一座空空的凉亭，
这些都仿佛获得了永恒。

——叶辉《月亮》

我走在不断下沉的堤坝上，我走在
沙沙作响的草丛里，
我的眼角捕捉着最远的一两点闪光。

——朱朱《在沙洲》

这一生，你可能偶尔经过甘蔗田，
偶尔经过穷人的清晨。
日子是苦的，甘蔗是甜的。

——胡弦《甘蔗田》

寒星透过栅栏，凝视着我们。
在那密集而又散开的人群中，
只有你——从不开口的孩子，
才看到微弱的光芒。
但你，一直保持缄默。

——育邦《寂静邮局》

更多青春的种子也变得多余了，
即便有一条大河在我的身体里，
它也一声不响。

————黄梵《中年》

稻谷在细雨中颤动，
我们蹲坐在门槛上，
说起又一个秋天，
哦，我们仅属于矿石。

——育邦《院子》

运走玉米，播撒麦种。
燃烧秸秆，烧掉杂草、腐叶……
已是告别的时辰，
就像烟缕从大地上升起。

——胡弦《烟缕》

请不要嫌我如此伤感，
我只想再等一会儿，
等旧居把更多的往事还给我。

——黄梵《旧居》

在这个停电的下午，
我们没有担心，手机信号的波浪。

——陈卫新《江岸》

折扇

"文胸武肚僧领媒肩"，说的是古代不同群体的人用扇子时的形象感受，看起来，更像是学习戏剧表演时的口诀。《续金陵琐事》中有《折扇》一则："东江顾公清云：南京折扇名天下。成化年间，李昭竹骨，王孟仁画面，称为'二绝'，今明善此扇乃王画也，诗以志感，'李郎竹骨王郎画，三十年前盛有名。今日因君亲遗墨，却思骑马凤台行'。"

朋友杷园主人仲冲曾与几位书法家朋友搞过一个名号"佩文斋"的空间。除了交流书法，也卖扇子。买过一些，后来生意不好，现在也不知开到哪里去了。在江南，扇子还是值得玩一玩的，可喻"风流"二字。响堂的夏天，白天闷热，晚上凉爽，偶然有风从窗口吹过，更觉得山居的乐趣是非常具体的，入微。

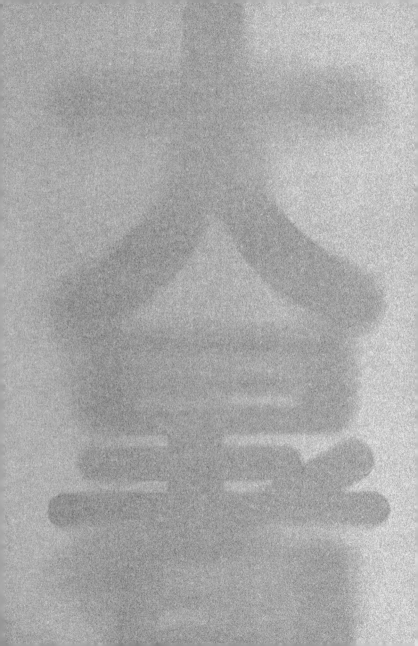

拾贰

借扇·闻曲

今日大暑，为芥墨美术馆的新展题序。

江南重时节。用扇讲究应时而择，除了冬季，无时不可用扇。江南的夏季，闷热潮湿，有一柄扇子在手，便似乎多了些许勇气。秋春季，有扇在侧，偶一展开，便是文思雅意的漫溢。扇者，善也。江南的风度、风采、风光、风格、风流，常见于此。扇子有怀风之誉，可展可收，可用可赏，举手之间，文质彬彬。冬季则是纳扇的最佳时间，夏用冬藏，静候新春。

江南善工艺。制扇材料材质各不相同，但总能将工与艺巧妙地结合。蒲扇、纸扇、羽毛扇、芭蕉扇，其中折扇、团扇最得人喜欢。扇同善，连圆月也被人叫作扇月，团扇的美满之意自然不必多说。折扇则有"隐"趣，折扇如文士，有进退恰当、开合自如之意。

江南多雅趣。画扇闻曲是其中之一，昆曲中许多角色都有用扇场景。现下借题《借扇》，如同在一个冬日的下午，围炉烹茶，遥望火焰山的红光，顿生暖意。老人们说，没有过不去的火焰山。疫情亦如此。《借扇》中，孙悟空在筋斗云上是有一段唱词的，"真个是别有洞天，那壁厢蒸蒸烈焰，这壁厢翠谷青峦"。谁能不喜欢这壁厢翠谷青峦呢？青山如是。此刻，闻听一句"良辰美景奈何天，便赏心乐事谁家院"，便是扇善哉。

寂寞的水稻

喜欢一个人待在工作室里的感觉，似乎显得比白天工作还要努力一点。如果用一台无人机拍一块土地，人与庄稼一样站在地里，成了许多行里的一个点。风雨兼程，我们都是水田里寂寞的水稻。现在打印出来了，那些原本记忆清晰的边缘，因为距离遥远便模糊了，互相渗透了。

像一种假象。我们常常因为浩大的场景而感到振奋，无边的稻田，无边的星空，却不知每一棵秧苗脆弱的差异。说到底，我们都是寂寞的水稻。

抄
诗

"立志宜思真品格，读书须尽苦功夫。"
对联是清代阮元的。今日抄写一通。

壹叁

一候凉风至
二候白露生
三候寒蝉鸣

秋
山

一位年轻的朋友来工作室，拍了这么一张照片。下午的阳光与早上的差别很大，特意拐了弯似的，从工作室后山树林的一个间隙里俯下身来。

小时候我喜欢《阿童木》，那算是最早看的动画片，后来还有《花仙子》与《聪明的一休》什么的，总之，那时中日关系还比较热。所有人物的大眼睛都画得水汪汪的，随时能流出感动的眼泪来。

东街那边曾经有过一个玻璃厂，专门生产药水瓶子的那种。产品品种不多，一种浅棕色的，一种透明的，都是瓶子，在阳光下也是水汪汪的。它们堆放在一起的时候，浅棕色的那种便显得更加美好。有时候色彩除了代表一种别样的感觉，还代表着一种权力。我与我的同学们都很清楚，本质上它们是一样的，无非高一点，胖一点，姿态复杂一点。

这些都无关紧要，我们用弹弓把一堆废品打得更废。乡里有一句老话，满瓶不动半瓶子摇，表示学习态度的重要。但换一个角度来说，满瓶的也可能是一潭死水，半瓶子的倒是还有机会加入些蜜糖的。

肯
特

三联书店出版了《肯特》，让我们领略到他的一系列知名作品，《白鲸》《老实人》《十日谈》《浮士德》等等，虽不能见全貌，但书籍设计印制都很精美，充满了书装自身的空间张力与视觉感染力。

黄永玉先生为《肯特》做了推荐，最近，他的蓝兔子邮票成了话题。实话说，我也是看不明白，因为的确效果不好。当然这不影响对于他整体的艺术评价。我一直以为黄永玉的散文是相当不错的，甚至好过他的大部分画作。二十多岁时，读过他的一本《这些忧郁的碎屑》，也是三联出的，文字中人情练达，让人记忆犹新，他的早期的一些版画作品显然受到过肯特的影响。

肯特的一生充满了传奇，他不但是版画家，还是建筑师、探险家和作家，1927年，他45岁时创作了作品《永不磨灭》，从此开始了版画与插画的"精品创作"，肯特一生都强调他是一个"现实主义画家"，事实上，他的代表作品里也充满了象征主义的力量。

探险旅行让艺术家的生命打开了另一扇窗，如同固定在黑色岩石上的铆钉，又如同发散于弧形线条上的极光，散发着沉郁的诗意的宇宙观。冷冰川在编后记中说："所有内心的需求、情爱和险要，都是为了明白和清算。昙花一现，又生生长流。"的确如此。

闲书

今天读两本书，一本是九州出版社仙枝的《萝卜菜籽结牡丹》，一本是台版的川端康成的《睡美人》。

家里存一些书的好处，就是你可以随时选读，如果两本闲书同时读，便更有意思了。川端康成1968年获诺贝尔文学奖，四年后他在逗子海滨的公寓自杀，那年，他七十三岁。此前他刚刚在《文艺春秋》发表了《如梦如幻》，是的，如梦如幻啊。

如果说感伤与孤独是文学的源头之一，那么散淡与想象算是另一支。仙枝师从胡兰成，她与朱天文、马叔礼等人创建《三三集刊》，是三三书坊的创建者之一。这本书里的一些内容大都是当时在《三三集刊》上的发文。谈文学、谈艺术、谈生活，写人情往来，世俗风情，平淡质朴，围炉夜话一般，如同书名《萝卜菜籽结牡丹》。

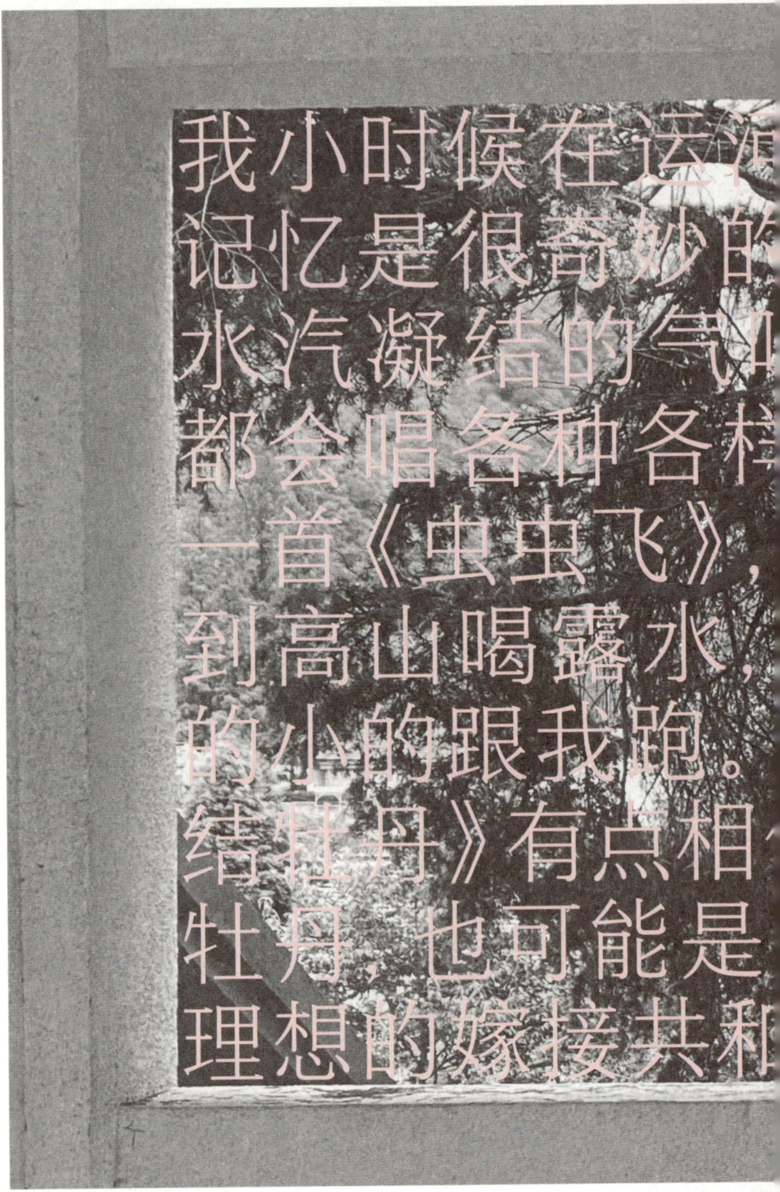

我小时候在运河
记忆是很奇妙的
水汽凝结的气味
都会唱各种各样
一首《虫虫飞》，
到高山喝露水，
的小的跟我跑。
结牡丹》有点相
牡丹，也可能是
理想的嫁接共和

长大，运河边上的

河面上永远飘荡着

镇子里的人，似乎

小调歌谣。记得有

虫虫虫虫虫虫飞，飞

水没有吃得饱，大

大概与《萝卜菜籽

的。萝卜菜籽结出了

种平常生活与显赫

。

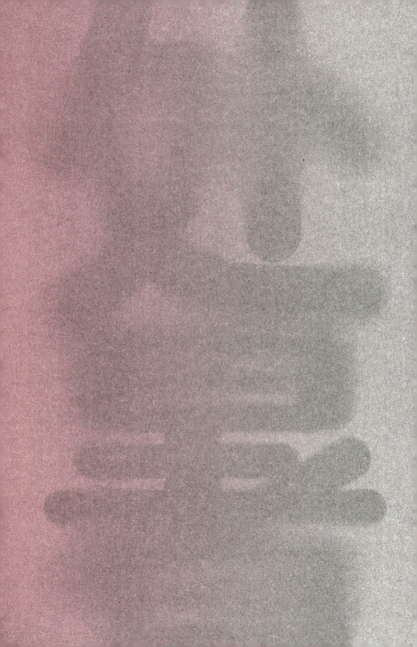

壹
肆

烤肉

烤肉最重要的是温度，当然，所有的美食都在乎温度，带锅气的菜总是能让人感动。此外，还应该有些其他什么的，类似感情与梦想一类的东西，那些也是在乎温度的。

"村民戴邦喜最喜欢村口的大福来，大福来便是烤肉店，烤的全羊，很骄傲的，没有菜，只有肉，最多配一盘新鲜的黄瓜与西红柿。秋天到来的时候，山上的树叶由黄色转向了红色。在院子的树影里独自坐着，吃宁夏来的滩羊，好极了。元亨利贞，永受嘉福。永福就是我之前讲的那位头发蓬松的老板，其实也是我的一位朋友，只是他恰好是这个饭店的老板，他的老婆叫利贞。他们的店在山下，离风景远了一点，但是更靠近几个高档楼盘。他们的店里有一个冷库，存了不少牛羊肉，对，就在前天晚上我面对的那个草坪旁边。疫情之后，店里生意锐减，冷库里的牛羊肉全靠熟悉的朋友轮流去吃了。事实上，羊肉与羊肉的差异是很大的，就像朋友与朋友一样。"

我一边写我的小说，一边等待一盘烤肉，小说里的场景也似乎越来越接近眼前的画面。

时间的剪影

震泽先生句《归省过太湖》，东山大王鏊的诗，"十年尘土面，一洗向清流。山与人相见，天将水共浮，落霞渔浦晚，斜日橘林秋。信美仍吾土，如何不少留"，从三山岛回来，天色渐暗，夕阳西下，三山岛在余晖之下，仿佛剪影，恰好一艘渔舟模样的快艇从我们的船边掠过。

住雕花楼酒店，攒蛋，早上起床后在院子里散步，后院门外看见一条黄狗在撒尿，侧身贴在一片斑驳的墙壁上，时间很长，如同一个定格。

山居

三山五岳、百洞千壑，覼缕簇缩，尽在其中。百仞一拳，千里一瞬，坐而得之。"（白居易句）在互联网时代，任何一件事情都容易被遗忘，人们会沉浸在最新发生的事件中，就像金鱼一样，只有七秒钟的记忆。每个人的生活就是在朋友圈追逐一个又一个新的热点。他们追逐真相，发泄情绪，又善于遗忘。现实生活如同游山，这山，那山。

向山（八月初一）

叶柳含窗泊客舟，　丘山崖树几曾留。

丹岑有癖烟霞聚，　美酒无功笔墨休。

五里松阴平远岸，　一床花气就邻楼。

杯中茶事红泥暖，　月下帘栊岭上钩。

村宴（八月初三）

野宴春秋冬夏留，　湖山沟壑错思忧。

黄精有味鸡难觅，　葛粉无尘市尽求。

八九人家毋避俗，　二三衣袂笑歌愁。

多尝残酒非闲意，　月色鹰山浓墨收。

壹伍

饮水、品茶

读书事情，有两个比喻，一如饮水，一如品茶。年轻时喜欢读闲书，择书不择人，不看作者名头大小。读书最重要的作用是补充自己的所缺，于书中得悟觉。如同饮水，是身体所需，讲究品质与吸收效率。可能完全记不住，但是要消化掉，吸收掉。不会当作谈资，也不会把自己记住的一些常识当成"专业"。现在更如此，知识点随手就可以查到，放弃那种"做研究"的读书方式，对于整体时间安排来说，会非常有效。

中年后的读书，如同品茶。品茶讲环境讲心境，不太讲效率了。读得散漫，一本书常常要与一堆书混在一起读，一本书一年读完也是有的。这时候顺便做一点"研究"便会特别有意思。偶然间会发现一位画家的文章写得一流，或者发现一位大作家的回忆文章里设计了一个环节，刻意隐藏了一些信息。再或者发现自己喜欢的一位作家文字放旷洒脱，但生活之中目光势利、心胸狭隘。

协调的旧物

本来接到电话通知，有外地嘉宾来响堂考察，临近下午，通知说不来了。估计也是对疫情的不稳定，有所忌惮。

傍晚，天气一下子阴了下来，回家，坐在沙发上等饭，忽然间觉得有点尴尬，好像等饭吃的确也是一种无处安放的罪过。听说今天工作室一半的人被赋了黄码，我只能遥祝他们一日一检，心态平和。此刻，我用一个据说可以活跃筋络的小木球在头上按摩，左右盘旋，如同足球比赛中高水平的盘带，挺舒服的，头发少有时也是有点优势的。

之前在茶几下面找出一个木盒子，不知道什么时候藏了这几件东西。一本《云林石谱》，十几页南京老字号发奉，还有九杆红毛小笔。横竖叠放在一起，没有逻辑关系，但算得上是另一种协调。几家饭店分别为中央花园胜利餐厅、夫子庙贡院东街慎记采芝村、文德桥下天禄春、贡院街小苏州、西街老正兴菜馆，从发奉的文字内容来看，吃的都是咖啡西餐糕点一类。《云林石谱》则是嘉庆十九年刻本，书后有跋，大概有十几行，总之都是几句致敬一类的客套话及"好古之雅意"云云。

前几天，有一位朋友问我南京有文艺吗？显然这是一个疑问句。今天，我可以回答他了。有的。文艺的真实性在于个体的发现能力，一页有字的旧纸，一段痕迹，一些假设与联想而已。好比今天的晚饭，虽然是一碗简约风格的阳春面，却也似乎等到春天的感觉。

故乡

村里赵真的爷爷██去世了。赵真与我的一位朋友是好朋友，所以我很早就知道她，她是响堂的"村花"之一。

有一次，我出去散步，正好碰到她在家，于是站在门口闲聊，她说，响堂村里许多家其实都是山东人，她爷爷就是讲山东话的。响堂村的历史也不悠久，我们常常说故乡，那么故乡到底是什么呢？故乡也许就是我们的长辈走累了，停顿下来的地方。

胡友培、沈雷设计的堂屋与村宴都开张了。"堂屋"这个名字是我取的，也许这就是我们对于故乡的最好的纪念。

壹陆

响堂合唱团

响堂合唱团
VALLY CHOIR

建议在村里建一个合唱团的想法终于实现了。今天为响堂合唱团设计了一个标志，标志使用响堂的"响"字的繁体字。汉字的繁体字是充满了深厚文化与神秘气息的，响字的繁体为"響"，即"鄉（乡）音"。

讲起来合唱团算是一个童年记忆了，小时候喜欢唱歌，读小学的时候，我是合唱团的领唱。曾与一个女生领唱过一首歌，歌名叫《蜗牛与黄鹂鸟》，女生的名字忘了，记忆中她的眼睛很大，辅导老师是一位中年男子，头大发少。故乡扬州被称作月亮之城，更是民歌之乡、美食之都，总之，都是赞词。扬州民歌好好听，小调里最常见的是那些重重叠叠、翻来覆去的衬词虚字，啊、呀、哩、哇，总让人觉得有一种毫无用处但又缺一不可的美妙。人生好像也就是这样的。

响堂合唱团的成立，似乎很受欢迎，我们的第一首歌是《隐形的翅膀》，周牧、李帆，还有老万、王克震，德蓉家的小老板也来参加了，小伙子挺帅，唱高声部。除了村民，合唱团员里还有一些来自附近的高校。同学们的学习能力与理解能力似乎都强过我们，总之，在低声部的试唱练习里，他们显然更有优势。课间休息时间，我问他们对于村庄的印象以及村庄未来形象的可能性，他们的回答让我感到不安。他们并没有说恭维话，他们回答的是"不知道"。

民宿在中国

由我主编的第二辑的《民宿在中国》终于印出来了。傍晚的时候，杜丙旭责编打来电话，说今天白天的时候他查了查，发现第一辑的《民宿在中国》已经是第七次印刷了。这真是个好消息。

书卖得好，当然是编辑最开心的事。还记得策划《民宿在中国》时的初衷，当时，民宿在中国，可谓是方兴未艾，莫干山民宿与洱海民宿的爆发式发展更是让文旅人感受到民宿的春天到来了。但是，现实中真正能把民宿做好的企业却很少。民宿的核心是非标准化的人情味。客观地说，投资企业很难做到这一点。许多时候，民宿只是成了酒店的另一种称呼，空间缺少独特性，缺少温情与质感。

响堂的第一家民宿是宿里，30多间房，由莫干山团队代理运营。建筑设计方案提报后，我对方案中的屋顶色彩提出了疑问，并建议将屋顶明快的亮红色修改为灰系暗红色，建筑与山体的关系一下子发生了巨大的变化，变得更加协调，更加稳定，有一种舒展铺陈的亲和力，仿佛在民宿的大厅里遇见一大架好读的书。

造园记

今日听闻新书《造园记》获得2022年度"中国最美的书"设计奖，老友昆曲艺术家柯军先生曾经为本书写了推荐词，"观之不足由他缮"，并刻印相赠。柯军是名角，但是又特别谦虚，他的书法好、治印好，是很有名的。之前，我曾向他讨要过姓名印，印非常好，我也常用。

阅读时的空间感和时间感是《造园记》最想传递给读者的。时间上，通过柴门、云几、未见山等我的十二个江南园林设计作品，引出一年的十二个月，春夏秋冬，四季循环，并在空间上与中国传统园林名著《园冶》中的十二个园林窗格造型产生对话。书采用了单页与筒子页相互穿插的装订手法，变化正如园林的空间古韵。装潢色彩淡雅，封面大量留白，契合中国传统美学中推崇的"空即是有"。

壹柒

继续

这段时间，除了手头的设计工作，便在村里继续写我的小说，写小说的好处就是自己好像随时可以开始一种新的生活。

"永福决定回村里来开店了。自从前几天去他山下的店吃了烤肉，他就每天给我打电话，问前途问命运，搞得我很像一个山里的术士。戴邦喜与朱永福其实都是我们村的，我们从小就在一起玩。初中毕业后，一起考上旅游学校，我们算是一个班的，烹饪6班。"

村里外来的访客越来越多，许多时候，我已经分不清这是响堂村的虚拟还是现实。响堂村里已经很难停得下车了，村里决定通过物业管理公司进行统一管理。在过去采石场路的东边铺装了一大块地面停车场，访客的车子都集中停放，通过电动接驳车将人带进村里。村子里面设有三个停靠站，绿色的站台，绿色的车。候车亭的立面还装有几张海报招贴，之前响堂诗歌展的海报就在其中，远远地看去，像是融入树丛的花。

散步

搬至响堂已经几个月了，之前苦于暑热，没有邀约朋友小聚，乡村的夏天就是这样，似乎毫无遮掩，阳光如同野草，肆意蔓延，即使坐在树荫里，也能感受到热力烤身的滋味，知了的声音都被抑制了，我甚至感觉到了它们嗓子冒烟的痛苦。今天邀了几位观筑的老朋友来响堂玩。老克、张娟、罗羽，他们都是南京城市文化的爱好者。

傍晚时，温度明显下降了许多，我们去走响堂村后的环山道。响堂的环山道事实上是个半环，另外一半已经在村子里。我们从德蓉家出发，一路上山，林荫下的步行是愉快的，没有车，只有我们讲话的声音。密林中的溪涧没有流淌的声音，但是石上的水流显然是流动的，只不过是缓慢的，它们湿润了整个溪谷，在草丛的幽深处，能看到一点一点萤火虫的身影。

下山时，我们回首看可老鹰山，夕阳在山的天际线处缓缓移动，那种金红色揉碎了的似的，不断地平移、蔓延淡出，让人沉醉又无法言尽。因为之前在三角塘边的德蓉家点过菜，也许是太久没有回到店里，路上正碰着德蓉家的老板骑着电动车寻过来，老板笑眯眯地对我们说："再不去喝，鸡汤就要凉了。"在响堂的散步就是这么神奇。想起之前为南京世界文学之都的文学小路撰联，"古今相感，山水共情"。所谓人间烟火，也不过如此吧。

设计的节奏

顾随评价诗词有一句话不错："感情有一种训练，能把持住。水可以打岸拍堤，而不能破岸决口。"真好，有水平。

好的设计与好的诗词一样，决不会任情所至，泛滥成灾。没有克制的设计都是没有预算的，破坏自然也是可想而知。好诗文，除了情绪控制，开合感也极好，比如陆放翁的"小楼一夜听春雨，深巷明朝卖杏花"，有节奏，有对比，有视觉冲击力，但这些都是以"人"的正常视角为前提的。诗句中，我们可以想见一种由听觉感受的渐变而转换形成的场景。

好的设计是"近人"的，不会只依赖"非人"的视角，比如无人机俯拍，比如鱼眼镜头。空间感受一旦被一张图片替代，空间之美便会浮于表面，不在人的行为体验之中。家师说，我们这两天过的是米虫日子。如果从米虫的角度看去，王静安有句"试上高峰窥皓月，偶开天眼觑红尘"，可当是米虫仰望中的幻觉吧。

壹捌

被忽略的旁观者

"很久以前，我就与戴邦喜、朱永福讲过，不要把手艺当成了不起的事，什么技不压身都是学之前鼓励人的话。小年轻学了一点手艺，稍有不慎，随时便会成为负担。我这么讲他们，不是卖老资格，我只比他们大一岁，因为我的的确确见过一位业内'大师'是如何垮掉的。朱永福人老实，刀功好，灶头技术也不错，特别擅长卤味、烧烤，不要说镇里，在整个老山一带都能排得上的。戴邦喜比较精明，也会算计。头发永远梳得一丝不苟的，不戴厨师帽子的时候总喜欢戴一副墨镜，喜欢与饭店的女服务员玩暧昧。"

说实话，写到现在，我已经有点厌倦朱永福这个人物了，老实人在村里永远都是一个最容易让人忽略的旁观者。

『成了』

願將山色共生佛
脩到梅花伴醉翁
元復

邻居老万是全椒人，南京的全椒人中曾经有几位颇有名气，憨山大师、吴敬梓、薛时雨。薛时雨的薛庐，原龙蟠里四号。园内植有美国红杉。乌龙潭"何必西湖"坊，就是门人为他立的。薛时雨主持过惜阴书院（这个名字今天看来是多么重要），他在琅琊寺曾作一联，"愿将山色共生佛；修到梅花伴醉翁"。这副联改天要写一写，送给研究员老万。适合他。

老万是随性的，所以他做什么都会让人觉得是在意料之中。做面条，当然也是一种好的选择。事实上，把一碗面条做好，并不那么简单的，好在老万是随性的，他远远地对我喊了一句，"成了"，也就成了。"土菜科研室"的许多科研项目都很有价值，特别有科学精神，我尊重科学，所以每一次的科研成果，我都觉得好吃。天冷了，老万把刚刚腌好的咸鱼用一根筷子串了起来，架晒在我后院的海棠树上，阳光从墙角照射下来，波光粼粼的，海棠花盛开的样子似乎还在。听说，热河路那理发店老板也是全椒人，而且不管剪什么样的发型只要五块钱，有古风。

生长

据说，郭德纲在一个相声里说，"我跟火箭专家辩论，我说火箭燃料要用精煤，水洗煤不行，只要那火箭专家拿正眼看我一眼，他就输了"。其实，谈任何事情都一样，只要涉及专业话题，我们都得注意凝个神。但是事实上许多设计项目的决策者并不这么想。他们常常把他们过去的一些生活经验或者工作经验，放大成为"专业"判断能力。

村里的事情，还得是村里定。傍晚的时候，走去南边王克震家闲聊。王克震正在院子里生炉子，炉火的烟雾升腾起来，把不远处的"堂屋"隐藏了起来。日常生活中的美好，无处不在。之前帮他设计修建的茶院，越来越丰富，也越来越美。这些都得益于他对于空间的理解与参与，建筑空间的设计必须考虑预留"生长"的可能性。人与建筑相互依存，共生共长。

拾
玖

大半生涯在钓船

朋友赠我一方印章，内容是**"大半生涯在钓船"**，时光之痕，真是风流。印文"大半生涯在钓船"，边款"大半生涯在钓船，仿元人法，古松陵龙石刻"。作者杨澥（1781—1850），江苏吴江人，字竹唐，号龙石，又号聋石、石公、聋彭、聋道人、野航子、野航逸民、杨风子、吴江野老。他是晚清时的竹刻家，善治印。印章以秦汉为宗，竹刻善摹金石文字，刀法深圆，独具风格。

"水上钓船"或者说"舟上视角"，一直是中国传统绘画中常见的图像符号与观察角度，响堂三面环山，形成三条溪水流向三角塘，最大的是叠溪，其他两条，一条从桃花林来，一条从后山来，三角塘的形态也许就是这样慢慢地形成了。在水上钓船中能钓到什么样的鱼呢？现在，每天回家后抄一页诗，如同每天去水边钓一尾鱼，是不是真能钓得也未可知。

今日所抄为黄庭坚的一首《登快阁》："痴儿了却公家事，快阁东西倚晚晴。落木千山天远大，澄江一道月分明。朱弦已为佳人绝，青眼聊因美酒横。万里归船弄长笛，此心吾与白鸥盟。"所谓"钓船"，无非就是"心与白鸥盟"的另一种说法。

无尽可爱的事

今天是立冬，早晨村里特别安静，可能是昨天来的人太多，大家都乏了。邻居家的两条小黑狗慢慢地从门前的缓坡上经过，肥肥的，眼睛很黑，带有两个闪闪的高光，可爱极了。许多事物初生的时候，都是那么纯净。

听说咖啡馆的业绩又创了新高，在目前的市场形势下，能有这样的生意已经很好了。山道上靠近水库的一侧，街道办事处让工人清了清，杂树去掉后，水面一下子就露了出来，真是做了一件大好事。此刻的阳光从东侧倾斜而下，在水面的对岸照出一片金黄色的光带，光带不断地偏向、转移，近似一种缓慢的扫描。枯水季后的岸线以及椿树的枝条都是裸露的，像乡村里的秘密。光线的变化让这种坦白多出了一些奇幻色彩。

黄芽菜

老山美食多，原因讲起来有一点扑朔迷离，一下子讲不清楚，以后有空好好说。中午的时候，经浦合路开车去黎家营吃饭，发现黎家营民宿餐厅的蛋饺做得很好，一流。蛋饺以黄芽菜衬底，不咸，鲜得平和，有一种遇着世外高人的感觉，颇有些《随园食单》里黄芽菜炒鸡的意思。

旧时，就有人将晚菘入窖壅培，因不见风日，苗叶皆呈嫩黄色，脆美无双，黄芽菜甚至一度被推为蔬菜之首。我小时候特别爱吃黄芽菜炒肉丝，自己也做过，以钝刀切肉丝最宜，带点肥更好，味道全逐渐收拢在汤汁里。如果在一碗白米饭的后半段投入汤汁，汤饭合璧，两种甜味产生一种微妙的碰撞，口感细腻。

回村的时候经过黄山岭路，今天的游人还是挺多的，有人还带了帐篷。过叠溪，从逸事亭过，上石台阶，在老万家门口正遇见胡守莲与魏全儒，两人坐在院子里泡茶吃，便坐下一起聊天。又喝了我书房里的栀子花乌龙茶，都说妙极了。好久不见魏全儒了，喜欢全儒的画，他的画朴素坦然，落落大方，举重若轻又举轻若重。如同在一个初冬的下午，牵了一头大象走在响堂村的春风小径上。

贰
拾

买书

天气好，开车进村，有邻村里的人来谈兴隆组的规划。经过上山坡道的时候，看到路边三级观景平台那里，植物已经修剪好了。视野一下子敞亮了许多。响堂水库从树丛中突现出来，映衬得绿树更加饱和了起来。

从小到大买得最多的恐怕就是书了，反正比零食多得多。买得越多，也就意味着读得越少。时间就这样，如同排列好了的一帧一帧的画面。在画面里，要么在读书，要么不在读，或者看起来在读实际上又没有读。谁关心这一点呢？在"读书"很热的时代，谈读书是危险的。这个周日的晚上，只是一年当中忙忙碌碌的一个普通句读，一个充满了烟火气的瞬间。如同把两排闲书摆在窗台上，吃一种水果，操心一场大火。打瞌睡的时候，我总是特别希望手边能摸到一本书。

人是浅薄的，摸着书似乎就接近了良知与道德的高地。许多时候，我把计划读几本书等同于忘记几本书。我情愿相信读书的全过程都是慵懒的，不负责任的，如同乘一辆车顺路去看风景，风和日丽或是刮风下雨，过眼云烟而已。即便如此，总还是有点印象深刻的地方的，比如一个卖咸鹅的路口，一块标错拼音的蓝色路牌，一个偶然经过的陌生人。

向
山

星期日，与张川一起与傅主任、杨晓玲书记在兴隆村村口集合，踏勘兴隆村现状。张川是南京大学规划设计院的副院长，也是我们兴隆特田项目的成员。我们一起为兴隆的乡村振兴服务。图图因为之前参加了锦上艺术馆的会，也随行到了兴隆。

兴隆村位于沿山大道旁，从沿山大道进入响堂村的必经之地。从响堂奔流而下的叠溪也于此聚合，汇入了响堂水库。在雨季，可以清晰地看到溪流蜿蜒的样子，如果用无人机的视角，甚至有点丛林峡谷的感受。总之，因为响堂水库的存在，我们在内心里是认同兴隆村与响堂村一体的，就像一种山上山下的山歌对应。

向山艺术空间由两幢建筑组成，位于兴隆村邻水的高地上，面对水库，树荫如云。沿山大道边的响堂游客中心建好了，"打开老山新入口"的思路已经初步形成，由游客中心徒步走进响堂也有了更多的可能。

事实上，从停车场可以直接走入兴隆村，过"福禄"门，葫芦塘，方糕塘，就可以走上响堂水库大坝到达向山艺术空间。

在这里，向上看
响堂村若隐若现

雪是冬季的自觉

晚上，南京开始下雪了。有点惊喜。因为早上还在感慨，这样的冬天，如果可以喝一碗"村宴"的热鸡汤就好了。人的愿望其实很简单，有时候还特别具体。何平讲我习惯做"白日梦"，如果这种常态化的妄想真的存在，我觉得这个梦也许就是这个冬季在响堂的一场脱口秀。座山雕搞了一个"百鸡宴"就觉得自己牛得不得了，挺可怜的。

在响堂，冬季有雪，应该是冬季的自觉，就像一个设计师得有点尊严，也许也是一种自觉，起码不能觉得得到一个项目是对方的恩惠。雪中的响堂是清新的，就像内心深处的自觉。我们每天工作，工作已经成为一种习惯与依赖。似乎不工作就不会生活了，然而工作不尽，物质积累式的生活更是不尽的，也许只有认真地看向内心，才是刻不容缓的事情。

贰
壹

大雪，宜饮酒

山谷里的时光

今日大雪。这个节气的名字真的是好，应景，让人感觉到汉字里文与意两者相互激发的魅力。大雪，真的，似乎已经铺天盖地地涌过来了。村里传说中的幻为大马山的那匹马，该是一匹白色的野马吧，或许它也从琅琊来，但并非谁人的坐骑，只是如同一个游子，从青草弥新的古老的平原经过，又从老鹰崖下漫步下来，只为能在叠溪旁饮一口山中的温泉。

大雪。在这样臆造的大雪里，是该饮一杯的。与两位我21岁时相识的朋友，他们为一本书酿了十瓶酒。在时间的河流上，什么样的酒配得上流逝的时光节拍呢。握一握手吧，是52度的热，高出体温的那部分用去喊山吧。走村里后山的健身步道，感谢土地与粮食，感谢精心设计的酒标。趁着我的情绪还暂停在青春里，写两个字作为酒水的名字吧，这样我们只要一碰杯，便能听到记忆的碎屑在回响，像一场大雪。

素宴

2023

12月7日，大雪，
去晒响堂太阳。

主持人：
陈卫新　　　　　　　　　**读书分享会**

主办单位：　　　　　　　　　时间/TIME：
响堂乡村研习所　　　　　　**2023.12.7**
观筑历史建筑文化研究院　　**14:00-16:00**

承办单位：　　　　　　　　　地点/ADDRESS：
新文赉（南京）空间美学工作室　　**响堂村宴**

早上，从响堂开车去南京旅游职业学院烹饪与营养学院，参加一个有关美食的活动，没有想到的是路程竟超过了一小时。好在，参加的这场活动是"素宴"主题，是我比较关心的事。想吃点好东西，总得有些付出。转眼之间，"村宴"已经快要竣工，但是村里对于经营者的选择还未确定。对一个村庄来说，如何做好产品特色与品牌形象是困难的。评审工作时，座位刚好是与朱宝鼎、花惠生两位鼎鼎大名的烹饪大师挨在一起，所以也就与他们聊了起来。南京菜说到底，还是以淮扬菜为主的。应时而食，就地取材，都是南京当地人喜好的美食理念。老山周边有着丰富的食材，甚至有许多历史悠久的名吃，比如星甸烤鸭、桥林茶干、星甸牛肉、永宁青虾、老山云雾茶等等。也许只有充分利用好老山当地的食材资源，充分理解了当地的饮食习惯，才能真正实现到访者的深度体验。

土菜

老万家的狗子被村里合唱团的团长林文带走了。狗子叫土菜，自从被林文选中，便开心得不得了，趾高气扬的，走路充满了豪情，像是一直从村里的高岭上走下来。

土菜的命好，先是遇到了老万，老万去买菜时捡回来的。现在又被刚刚结婚的"新娘子"林文带回去养了，据说还在镇上的宠物店办了一千元美容卡，真是摇身一变啊，收拾好了，土菜不再像土菜，更像是"洋菜"。用老万的话说，他一年剃头的钱也没有200元。当初，土菜刚刚被捡到乡村讲习所的时候，谁知道它会过上这样幸福的生活呢？

人无法预知未来，对于狗也是如此，所以不宜作调侃之言。今日阳光依旧映窗，阳光下没有新鲜事。谁能想到呢？我竟然已经学会"掼蛋"了。卧游之"乐"，疫情也快三年了。感谢朱德玲老师当时把我的一段话写在了瓷器上赠我。

贰贰

流光容易把人抛

今日冬至，在过去是一家人团聚的日子。因为与夫人二人检测皆为阳性，不能出门，便打电话给父母亲问安。他们身体皆好，老人健康永远是家里最重要的事。如同许多人讲的，发烧三天后就退烧了，果然。但身体还是有点乏力的，缺少味觉。

图图这几天画不了画，每天守在客厅里，已经连续为我们做了四天的饭了，真是不易，享到孩子的福了。想他很小的时候，我就爱带他出去看看，他喜欢外国的文化，熟悉他们的历史，但只喜欢中国式的日常生活。幸好是这样。

蒋捷有一首《一剪梅·舟过吴江》，写"流光容易把人抛"，后一句"红了樱桃。绿了芭蕉"算得上名句了。古人擅倒装，**红了樱桃，绿了芭蕉。**"色"字当先。与"樱桃红了，芭蕉绿了"相较，除音韵以外，语感还是有很多不同。从语言的节奏来看，平实的叙述，更会有纵向的拉伸感。转换成当下微信文风，可能会这么说：时光易逝，孩子大了，大人就老了。

万物向新

下午没什么事，刘春来村里，带了一罐金骏眉给我。也许是因为身体刚刚恢复，我们交流了一下"阳康"的感受，又一起去老万家喝了一会儿茶。

今天读两本书，一本是德国人雷德侯的《万物——中国艺术中的模件化和规模化生产》，另一本是《南京稀见文献丛刊》中的《金陵琐事》，作者是明嘉靖至天启年间的南京人周晖。《万物——中国艺术中的模件化和规模化生产》的导言末一句颇有意思："看起来，西方人好奇的传统根深蒂固，热衷于指明突变与变化发生的所在。他们的意图似乎在于学会缩短创造的过程并使之更加便捷。""习惯性地要求每一位艺术家及每一件作品都能标新立异。创造力被狭隘地定向于革新。"

而中国的艺术家们的模件化和规模化生产也在证实着传承带来的创新能力。"他们相信，正如在自然界一样，万物蕴藏玄机，变化将自其涌出。"粉本，描摹，临帖，拟意，因借，这类的词语所见甚多，这样的"创新"，也可以在《金陵琐事》一类的书籍中找到许多佐证。比如文中所记"增减字法"，看似游戏，恰恰也是再创作。

有人咏雪，用"银海眩生花，玉楼寒起粟"之句，实引东坡"冻合玉楼寒起粟，光摇银海眩生花"，只减去"冻""合""光""摇"四字，便是另一番浑然天成了。

生有热烈，藏与俗常

《生有热烈 藏与俗常》是叶兆言出的书，收录的文章都是很精彩的，是"热烈的俗常"。叶兆言曾说："人之本性，难免喜新厌旧，怀旧却会有别样风光，会很时髦，会显得很有文化。"就是这样，人的喜新常常是一致的，但怀旧却往往并不一样。怀旧恰巧碰到了怀旧感，才有可能显得"很有文化"。

一如生活日常，衣食住行，柴米油盐，我们都不能幸免，我们是世俗生活中的组成部分，一起在风雨中排队做核酸检测，也一起在风雨中排队买章云烤鸭。看到天晴便开心，看到孩子考试没考好便闷闷不乐。生活就是这样。今天，是 2022 年的最后一天，依照书桌边书籍摆放的顺序，此刻，恰好读到兆言先生的这本书，书名如同一句贴心的新年祝福："生有热烈，藏与俗常。"

忘记 2022 年吧，晚上想去斩个鸭子，祝愿 2023 新年快乐。

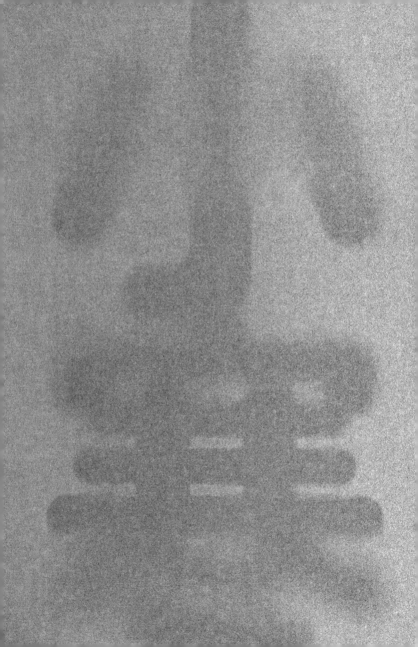

贰
叁

一候雁北乡
二候鹊始巢
三候雉始雊

等待春天

早上坐在屋里喝茶，胡乱写了几行字。访客刚走。送客出门的时候，一阵寒风吹进来，人被冻得发抖。真的是一转眼的工夫，南京气温大跳水了。

记得许多年前，也是这个季节，几位朋友邀我去徒步，走徽杭古道。同样是山居，古徽州的山与南京的山还是差异很大的，徽州的山水资源丰富，蓄水能力强，除了黄山，山体也并不算高大，但总是烟雾缭绕，溪流潺潺。相较之下，南京的山山体不丰富，蓄水量也小，所以总是显得干了一些。缺水则少秀。但南京的山冬季的湿冷一点不比徽州的山少。

在碧山做碧山书局的时候，常常与洪老板或者汪老师聊天，他们的家里都有那种木制的桶，下面有炭火的炉子，我们把脚放在桶里，再在膝上放一个毯子，花花绿绿的，好像春天随时就要回来。

家乡之味

咳嗽终于好了，味觉也逐渐恢复。这个时候，回扬州吃一餐饭，似乎多了一点仪式感，好像试图回到味觉感知力的某个高度，就必须回到家乡才行。月是故乡明。

"二分明月"，扬州是著名的月亮城，是慢时光之城，更是世界美食之都。今天的仪式感，还在于中国烹饪大师周晓燕先生做东，所以必然精彩。晚上有两道菜，让我印象深刻，一个红烧大鱼头，一个炒猪肝。鱼头红烧的做法源于拆烧鱼头，后半段时间是需要慢慢收汁的，这是时间的魅力，火也是小的，准确的名字叫作"文火"。炒猪肝则完全相反，讲究温度，要的是爆炒，火爆的火啊，"武火"。此刻需要眼疾手快，电光火石之间的距离，这也是时间的魅力。

车行回宁，司机默默不语。我想时间就是这样，让我们得到一些，也失去一些。我们依旧喜欢时间，因为时间，我们可以找回自己，因为时间，万物正在其中。

读一本书

过了腊八就是年。早上很早就醒了，躺在床上枯想。这一年时光真的是太破碎了，有点"兵荒马乱"的感觉。复盘是必要的，但那些破碎撒了一地，很难拼出一个大形来，只能作罢，只当下跳棋时凭空跳离了一格吧。

读止庵的《如面谈》，这是他的第二本随笔集。止庵爱干净，文字也是，利落，没有什么拖泥带水的字句。三年来，特别是今年，我很难有时间看书。所以，藏书越来越多，读的却越来越少。有许多是朋友赠送的签名书，来不及看，更别说写点什么。近日，把想看的书选了一些出来，都堆在一起。这有点像小时候年底收集花生、红枣、果仁一般，只等到腊八节放入米中煮粥吃了。读止庵写的张爱玲、周作人、刘半农、鲁迅、杨绛，有幸福之感。如同此刻，窝在沙发里，在阳光下吃一碗腊八粥。

人根本上是懒惰的，只要不去工作，过新年的气氛也就来了。止庵是做医生的，医生谈疾病理性。他在《谈疾病》一文中转述了十六世纪的医生帕拉切尔苏斯的话，"疾病是世界的譬喻，因为人人都在死亡中行进"。止庵还说，"如果把生老病死作为整个人生的说明，那么其中的病就不仅仅是疾病，而是可以指代一切'生'的不如意，无论是来自自己的，别人的，还是社会的，或者根本是无名的"。天有病，人知否。

贰
肆

抄诗

湖心云净双鸥狎
镜面波平一鹭春

清人裴璜句　江都陈衡恪

因为担任南京莫愁文化研究会的副会长，被要求参与莫愁湖公园写联活动。上午，抄写了一副对联寄上："湖心云净双鸥狎；镜面波平一鹭拳。"联是清人裴璜的句子。

老山二首

今天，收到《青春》杂志特刊，编辑部发了一大组浦口主题的诗歌。我受邀写了两首短诗，算是入住响堂的纪念。

张孝祥墓

沿着山道去寻
一枝落肩的桃花，
山斑鸠与珠颈斑鸠交替
鸣叫，春笋拔高，
未知风雨量速与预想的竹海
甚于一个新鲜的气泡
悬停空中透明，
不必解释迟来的阳光，
抑或远山流云，
在一座四面来风的亭子里
如同此刻，雨落于湖，
留只眼细，留只眼粗，
细眼看天，粗眼看地。

响堂大雪

已经铺天盖地
涌成山的一匹白马，
我们用燥热的桃木
燃烧叠溪的温泉，
在跨年的大雪中酿酒，
时间的河流上，
什么样的骑行首尾相顾，
无休止的落雪节拍，
握一握手吧，
用高出体温的那部分喊山，
趁粮食还浸泡在冬夜
写两个字为酒命名，
此后，一碰杯
便听见雪地中的回响。

贴春联

今日来客，聊及浦口当地的非遗项目。离响堂不远的地方，有浦口的门笺非遗。小的时候，每到春节，都要在屋前屋后的门上贴春联、贴门笺。春联都是父亲手书的，内容无非都是新年新气象一类的，充满了浪漫主义色彩。今年，响堂工作室的大门口贴了我写的对联，"桂寒知自发，松老问谁栽"。也许就是因为门前的青松，每每有人问起这松树，我便会想起这家人叫"青松"的孩子今年应该60岁了。什么是空间中的时间，这就是。写好春联，返回房间为自己做了一碗小吊梨汤。水发银耳，加入话梅、冰糖。大雪花梨，切块，需要提前放在水里养着，防止氧化。

立春

又是一年春至，阳和起蛰、品物皆春，节气轮转生生不息。山谷里的时光如歌的行板。

UED杂志专访

（代后记）

个人特质与设计影响

1文人气质与情怀，是我们对陈老师的突出印象。而您对自己的画像是怎样看待的，这些特点是否影响了您的设计？

你提到的"画像"我不是特别理解，是否指的是一种自我设定？其实我是没有考虑过这个。我认为一个人物的形象，就像小说中的人物形象，它不是一个表相预设的。它实际上是让读者在阅读的过程中，逐渐形成对他的印象。我想可能很多朋友，包括很多客户，对我的记忆或印象可能都不是太一致的，这种不同角度的"认识"恰恰是真实的表现，而不是一种脸谱化的假设。

如果每位设计师都为自己预设了特定的形象，这在工作过程中可能会带来诸多不便，甚至成为掣肘。例如，若将自己定位为所谓的文人设计师，那么文人设计师的定义究竟是什么？所谓的有文化又该如何界定？我认为，我们有时不必将个人的职业与生活划分开来。我之所以给人留下有人文性的印象，或被认为是倾向于人文思考，是因为我从未将职业与生活分离。我将生活与工作视为一体，我的工作即生活，生活亦是工作。在日常生活中，无论是衣食住行，我常常在思考工作上的事情，这种状态并不矛盾，而且这种思考恰恰对工作是有益的。

我们为什么要在响堂村设立工作室？最早我们就参与了它的策划、规划设计，以及景观设计。如果没有一个沉浸式的体验，或者对这个村庄的了解深度不够，或者跟周围的村民都没有进行过实质性的交流，实际上是很难做好一个项目的。

就是不知道他们真正想要什么，或者说这种强制性的规划对于村庄的影响甚至会产生反感。这些信息的获得必须通过生活当中的一种交流，一种真实的交往来呈现。所以我们工作室跟周围的邻居，包括村民都有很深入的了解和交流，为保证响堂村的发展的正确性提供很好的依据。

刚才提到的是设计师风格的定性问题，我相信这一点是存在的，但这种风格的定性通常由专业杂志和研究人士来确定，因为设计师本人很难自我界定。有个词叫"自说自话"，这其实是很可怕的。比如说，如果设计师只是自以为是地构建自己的逻辑体系，"自己的作品"，那么实际上很难将工作的成果与外界的期望相对应。在之前提到的生活和工作一体化的理念上，我的习惯可能也给人留下过某种印象。我每天都要写字，每天都要喝茶。可能有人会问，你好像每天都在休息，并没有在工作。但实际上，我是每时每刻都在工作的。就像今天我们一路走来，我可能已经注意到了许多需要调整的细节。

比如刚才在德蓉家、他们经营农家乐，夫妻俩亲自下厨做菜，儿子正在线上办公，这是一家为到访者提供体验服务的家庭。刚才我们注意到了旁边有一块小菜地，但小菜地与客人之间需要一种小的隔离，这种隔离并不是为了让人不轻易走进菜地，而是为了保持一定的距离的观望。这样，菜地就能变成一道"风景"，因此，刚才我们在左手边看到的位置，我计划在下周安排加上一道小的栅栏，增加细节。实际上在村庄中，我们谈到现在一个广泛的概念叫作乡村振兴，南京这个城市发展迅速，目前城市化进程在中国尚未完成。响堂村恰好位于城市的边缘，可以说与城市仅一街之隔。街的那边就是城市开发商的楼盘项目，甚至包括别墅项目。

在乡村项目中，特别是在像响堂村这样的村庄，具有一种先天的优势，即城市居民的便利性介入。城市居民来到这里的目的是什么呢？正如我当初为其策划的主题——"最近的乡愁，山谷里的时光"。乡村给予我们现代社会最大的价值在于其时间性。当我走进乡村，会突然发现我们对时间的感知改变了，时间的刻度变得更加宽泛，或者说时间流逝变得更为缓慢。这是因为我们与自然的接触方式发生了变化。在快节奏的城市生活中，许多城市居民内心都有一种对自然环境的向往，一种对慢生活的向往，甚至是一种对乡愁的实现。以南京为例，这座城市在过去几十年间，人口已从200多万增长到1000万，其中800万都是外来人口，或者说是新居民。

这些人对于自己的故乡，以及童年记忆，在其成长过程中，童年与乡愁之间存在着一种并行的关系。乡愁，就是能够让人回归到一种天真、纯净、放松的状态。这种状态往往是在童年时期获得的。因为那时我们看待世界、看待自然万物的角度和感受是单纯的，没有附加的复杂关系与复杂条件。

当前城市的职场生活充满了高压和激烈的竞争。在这种情况下，近郊乡村的发展问题便显得尤为重要，这也是我们正在思考的一个问题。近郊乡村与那些偏远乡村相比，存在明显的差异性。我们的这个村庄的历史其实并不长，清代始有人居，之后逐渐形成的一个聚集性小村落。

这个村庄过去属于林场，即老山林场，它实际上是一个产业工人的集聚地。过去，这里主要依赖种植业，包括种植药材和砍伐树木。然而，随着生态保护的

加强，砍伐树木的活动显然大幅减少。药材和花卉的种植得到了显著的提升。

特别是我们村种植的栀子花，目前产量及销售途径都经历了重大变化。我们的产量已占到南京整个城市供给量的80%以上。销售方式也从以往的路边零售、摊点销售转变为进入菜市场销售，甚至通过京东超市进行鲜切花配送销售。这标志着一个时代性的跨越，反映出我们的时代需求，以及村庄如何与新时代建立联系，避免成为荒废的村落。目前，许多村庄要么被空置，要么面临消失的风险，这里的"消失"是带有引号的。因此，我们对响堂村的根本思考是，通过这个项目，虽然村庄规模不大，仅有78户人家，但这种小规模村庄的更新规划是否能成为我们对近郊村庄发展的一种思考。这是我们在项目初期就考虑的问题。因此，我们在响堂建立新文房工作室驻地，正是为了实现对项目进展的分析和阶段性控制。

2 您

曾经提到过"观察力"很重要，这是否和您的过往教育经历或成长经历有关？这对您设计理念的形成以及设计实践是否有所影响？

我曾在之前的文章中提到，我的观察力与我的个人经历密切相关。我出生在扬州，家中的老宅是清代的建筑，它自然流露出一种历史感和时空感觉。我小学四年级时因病休学一年，那一年我大部分时间都在家中度过。在那些日子里，大人们去上班，我常常独自一人坐在院子里，正是在这种孤独中，我对事物的敏锐感受和观察力逐渐培养起来。我会注意到今天有只鸟来访，但接下来的几天它没有出现；或者观察到石榴树上的果实逐渐成熟并下垂，牵引着树枝；甚至是蜗牛在布满青苔的砖墙上留下爬行的痕迹。在这种无意识的状态下，我们的观察力得以放大。

然而，在当前网络化和短视频高速发展的背景，我内心对这种快速消费文化持有抵触情绪。我认为，在大数据和快速推送的冲击下，人的敏感性正在下降，这对于我们的下一代是不利的。这种环境下，人们观察事物的感知，情感表达的方式变得粗糙，难以保持敏锐和细腻。在20多岁时，我喜欢文学，也写了一些小说。小说创作本身就是一种观察世界的方法，它要求作者具备细致入微的敏感性，以及多角度和多维度的思考方式。

这种思考方式可能使我与其他设计师有所不同。在设计实践中，我非常关注人的感受，我的设计理念不是为了单纯追求形式感或完成一个图像，而是关注和关切使用者的内心体验和细微情感。我并不追求瞬间震撼的视觉感受，因为那种感受是短暂且易逝的。相反，我更倾向于创造细腻、层层递进的感受，这种感受是温暖而持久的，能够提升空间的使用效率和功能性。

3 以

响堂村为例，在策划时我们设定了一些路径，目的是增强村庄内组团间的步行体系，以此增加村民之间的联系，即人与人之间的交流。同时，我们也希望增加村庄的公共空间，因为村庄的活力很大程度上源自这些公共区域，它们是文化交流活动和村民相互交流的场所。

刚才一路走来，我介绍了降低或去除围墙的方法，这样可以增强村户间的联系。这不仅仅是关于一个村户的大门，而是村户之间联系的便捷性。村庄不是一个封闭的堡垒，而是情感联系的线索。例如，到王老师家或去老万家交谈都很方便，在二楼打开窗户就可以叫他。这是一种建筑关系的体现，反映了传统村庄聚落布局的优越性。过去，像我和老万的房子，原本是父子共用的，我在房子后面留了一扇门，给了老万一把钥匙，这样我们之间就可以互相通行。

王老师家的后门原本是没有的，我为其打开了一扇门，因为它一旦打开，就会变成一个很好的步行路径，并且展现出村庄在坡地或有高差关系上的优势。在过去，山村可能被视为交通不便的地方，但在当前，这变成了一个优势。步行台阶式的通道虽然行走起来有些困难，但它符合我们追求的"山谷里的时光"的目标。它是缓慢的，可以体验的。我们也有快速通道，比如坡道，汽车可以通行。目前，我们增加的都是次要的动线，虽然不是主干道，但增加的步行动线非常重要，它为这个小村庄增加了更多的体验路径。原本只有一条步行小路，大家从头走到尾就结束了。但是，我们到一个村庄究竟是为了感受什么？是否就像到一个旅游点一样，只是跟着导游举着旗子走一圈就结束，还是能够自由地行走，散漫地探索，自我发现？我认为所有的美好不应是直接给予的，而应让对方去发现，直接给予，比如将一幢建筑做得非常引人注目，设计感很强，视觉上都只是短暂的瞬间，它只会成为路径上的一个标点，很难形成一个片状或网状的体验式感受。

乡村情愫与设计实践

4 您曾提到"人生有很多发现，并不在你以为的那些地方，不在大城市，不在大学，而往往在乡村的寻常巷陌之中"是什么样的契机使您关注到乡村，并且投身于乡村设计实践之中？

多年前，我有一个机遇，就是设计了一家名为先锋书店的书店。后来，我与老钱一同前往安徽黄山，在那里我们发现了一个名为碧山的村庄。经过与当地村领导及县领导的多次交流，我们打造了中国最早的乡村书店之一——碧山书局。这个乡村书店的设计灵感来源于我在碧山的多次散步和居住体验。为了深入理解这个地方，我并没有立即进行测量或拍照，而是多次前往并在那里居住了一段时间，与村民进行了深入的交流，如汪老师、洪老板等，我们在碧山成了好朋友。

在这些村庄中，我们发现了许多过去文化的痕迹，有些痕迹非常震撼，打破了我们对乡村的传统认知。有些人看似是普通的农民，但交流后会发现他们有许多独特的想法和良好的文化感受。文化感受并无学历之分，不是学历高就有文化感受。有些人可能只读到初中或高中毕业，但他们的文化感很好，这种文化感非常微妙，难以言表。比如，我们村里有人能画出非常天真而又美好的画作，能说出像诗歌一样的语言，比如"最好的友谊往往在别后"，这是一种非常诗化的语言。我们很难理解这种文化感是如何形成的，它可能来源于一种传统，或者通过阅读。因为在相对封闭的乡村，人与人之间的影响，尤其是长辈对孩子的影响，在乡村是非常重要的，并且这种影响相对单纯。

乡村与文化信息多元的城市生活不同，我们认为在乡村最重要的是梳理出过去的文化脉络，重新树立文化传统。在设计碧山书局时，我采用了一种非常简单的方法，或者说是一种讨巧的办法。我们选择的是汪家的一间祠堂，它早已归集体所有，里面已无祭祀活动。我们考虑如何使这个空间对村庄具有公共性，可以为村民所用。

5 您在讲座中曾提到"从城市角度做设计要进入城市中，沉浸式地做设计"，并将此内化于心、外化于行，同样，如果在村庄项目里，您觉得设计理想和村民生活状态是什么样的关系？目前的村庄是否可以实现这种状态？

在碧山村的碧山书局项目里，我当时采用了一种特别的方法，即向村民征集家中的老家具，如旧的书柜、沙发、椅子等。捐赠这些家具不仅代表了一种情感的投入，而且也是家族情感联系的一种体现。过去，这些祠堂曾是村民祖先的圣地，现在村民将家中的物品放置于此，实际上是在重建空间与人之间的联系。当我们将书籍摆放好之后，村民们非常欢迎这个空间，他们愿意在这里翻翻书。

村民们会带着他们的孙子一起阅读，交流，甚至主动向游客和外来访问者介绍他们的村庄，他们感到非常自豪和满足。我相信人类的情感是相通的，当人们投入情感，总是希望得到某种回报，因此，虽然空间设计的方法多种多样，我选择了这种方式，是基于对当地深入了解的，这就是对村民情感的尊重。

6

响堂村三面环山，一面临水，身处老山风景区，距市区20分钟车程，是较为理想的"世外桃源"。作为响堂村整村改造的顾问，您全程参与并指导了这一过程，可否和大家讲讲是怎样的契机让您看见了响堂村并愿意参与其中？

我认为理想的工作生活状态应该是打破界限的。在响堂村，我享受到了这里一年四季景色的变化，我们种植了多种花卉，这些花卉也是我们传统种植的，它们在不同的季节展现出不同的风貌。而我们的工作也在同步进行，比如我们最近也在福建进行乡村建设，福建的乡村考察团来到响堂村后，他们感到非常高兴，认为这种方式非常适合他们。

我们现在正在思考的是不同地区村庄之间的差异性和共性在哪里。这些思考过程是我们日常工作的思考，但它最终会转化为对我们工作、对我们职业的贡献。我想，打破边界，或者按照现在流行的叫法称跨界，或者说从多角度、多领域进行探索，实际上是为了更好地拓宽我们的设计视野。我们的设计方法正在发生变化。随着当前房地产市场的压力加大，许多建筑师和建筑设计公司可能会调整他们的方向，可能会转向城市更新或乡村建设。

从不同的角度来处理这些项目，肯定会有不同的感受和收获。我认为这正是设计行业可能迎来的一次新的机遇。以前可能由规划师来完成的项目，现在可能是室内设计师、景观设计师或策划师来承担。不同角度的参与和切入点会带来不同的体验。这种尝试或状态恰恰能改变一个行业。就是设计行业在面临当前机遇时，可能会获得新的发展机遇，变得更加有活力，打破过去的界限。过去我们分工非常细致，有明确的界限，但现在从行业趋势和时代需求来看，跨界融合是必然的。

这次在响堂村的项目中，我们也邀请了不同领域的设计师参与，进行建筑设计和不同空间的创作。这样，我们可以在统一规划下形成一定的差异性。这种差异性有助于实现我们的最终目标——改善人际关系。这个村庄虽小，但我们希望能吸引来自不同背景的人们。通过不同设计师的参与，在响堂村的人气和活力方面的设计也实现了。

7

响堂村的整体改造是非常成功的，您是否具体讲述改造的整体思路，以及目前成效是否达到了您的预期。

响堂的运营团队在项目启动前就联系了我。我得知后表示这非常巧合，因为多年前我就曾被一位领导邀请来考察过这里，只是当时条件尚未成熟。现在，随着文旅集团的介入，他们所做的工作力度和推动方向的准确性变得更加明确。响堂村不仅仅是一个简单的产业扶贫项目，或者仅仅是乡村振兴的初心，更多地需要有主题性和引导性。因此，我非常高兴地接受了邀请，主导了村庄文化脉络的整理和空间策划的总体方案。

这种控制性规划从一开始就被确立。在节点的意义上，对于整个老山大区域很重要。我后来提供过一个整体策划，即响堂村不仅作为一个村庄项目，而是为老山周边的所有近郊村庄提供了一个样本，同时打开了老山南向的通道，形成了与城市的关联性。

老山是东西向延伸的山脉，非常长。我们的森林公园入口并不在这里，而是位于山脉内部。对于城市居民来说，到达老山休闲的通道较远。我们在此处设立了这个点，对面是浦口区的兰溪公园，再往南是我们的求雨山公园。结合老山，我们就形成了一个纵向的连贯性，使得市民可以步行穿过城市到达这里，这不仅提升了整个地区的景观，也为市民服务提供了可能性，这是从整个大地区的角度来考虑的。

8

您觉得就响堂村而言，改造的难点是什么，给您最大的喜悦是什么？

响堂村目前受到了社会各界的关注，并已取得了一些成绩。然而，在推进过程中，总有一些方面未能完全达到最初的设想。但我认为，任何事项的推进都是如此。实际上，我们作为建筑师的许多工作本质上是协调工作。不过，在项目的基本点上，或者说最初的策划原点上，我们是保持一致的。到目前为止，我们的方向和形式没有改变，并且已经取得了良好的成果。

乡村项目与许多城市更新项目有一些相似之处，例如与原住民、居民和商户之间的交流，这确实需要耐心。此外，成本计算也是一个关键因素。在乡村项目中，我们需考虑什么样的使用与投资更为适宜。我们正在思考这一问题。我个人倾向于采用低成本的方法进行操作，因为过度投资可能很难平衡、很难复制，示范性是不可忽视的，因此这是一个需要综合考虑的结果。

其实最大的喜悦源自我先前提到的情感投入所带来的获得感。这实质上是大家的认可，包括政府部门的认可，以及除了投资方之外社会的广泛认同。对于一个设计师或一个项目的总顾问来说，我内心获得的满足感是巨大的。至少可以说，自己最初的想法正在逐步变为现实。

现在这个交流应该说已经非常和谐了。因为现在我们实施的管理制度颇具创新性，是新老村民的共建。我们设有自己的决策机构，并定期召开会议。我们也经常在一起开会，作为新村民的代表，我也经常参与其中。

在审美方面的相互干预，我们利用乡村讲习所，举办了许多场美学讲座，这些讲座就是对社会开放的，不仅游客来听，村民来听，决策者、领导干部也会参与。

这样，大家对于美好的期待逐渐汇聚成共同的追求，避免了方向的过度分散，使得大家对事情的判断趋于一致。当然，在这一过程中，也存在需要协调、商榷和折中的情况。由于长期的交流，人际关系变得融洽，事情都是可以通过商量来解决的，不会显得很生分。目前，"商量办事"的理念，在村里得到了很好的应验。

我们成立了响堂合唱团。我还为此设计了一个徽标，这是一个构建人际关系非常重要的举措，这一构想在我设计之初便已形成，并得到了运营单位的大力支持。运营单位的蒋朝贵、李帆总说，这个想法一定要实现。

我们的合唱团也获得了村民的积极响应，包括新村民、老村民，以及周边高校的学生也经常参与进来，使得我们这个合唱团就变得非常生动、活跃。在今年的文化节上，我们计划邀请上海的采虹合唱团来到我们村的大草坪，也就是大马营，共同举行一场合唱活动。我们认为"响堂"这个名字，简体字由"口"字旁加一个"向"字组成，而繁体字则是由"故乡（乡）"的"鄉"字和"声音"的"音"字上下构成。我们希望响堂村在未来的品牌建设上能够形成与之相应的概念，期望响堂合唱团能代表响堂村的声音，对外进行传播。我们引进一架二手钢琴，就是想重新唤起了人们之间交往的愿望。在当今社会，尽管网络交流非常便捷，人们可以在网络上随意交流，但真正触及内心的深层次交流却很少。

9 通

过响堂村的改造，不仅村子的面貌焕然一新，村民的收入也在成倍提高，同时又吸引了很多"新村民"入驻，新老村民目前相处得如何？老村民的精神面貌发生了怎样的变化？

自从我们完成改造后，首先看到的是村民参与度的提升。以往，村民多持观望态度，对于我们的工作并不十分理解，因为周边虽有其他村庄在进行改造，但未必是他们所期望的，所以他们只是旁观。但现在，他们已经从旁观转变为积极参与，甚至全情投入。

许多之前路上与我打招呼的人现在都是员工，他们原本是村民，现在成为文旅公司的员工，担任导游、物业管理人员，或者自己参与经营了。例如，我们刚才访问的德蓉家，他的儿子主动报名参加了我们的合唱团。这些都是非常令人振奋的变化。过去，许多人认为参与活动是务虚的，很无聊的，就是说不如用那个时间去挣钱。但现在，响堂村已经形成了一种非常积极的参与氛围，这种参与度正是实现和谐关系的一个重要切入点。无论是建筑与建筑的关系、人与人之间的关系，还是人与建筑的关系，最终都需通过交往来实现，在交往中不断纠偏和折中，形成和谐。

现在的邻里关系在过去是难以想象的。过去任何小的变动，比如你家围墙往前进一尺，他家围墙往高处盖一尺，都可能引发争议。我们现在提倡降低围墙，减少门户的封闭性，从而形成了一个更加安定、祥和的感受。我们已经实行物业管理，整个村庄由物业公司负责管理，这样就不必担心安全问题。开放后，房屋与人的关系变得更加亲切，没有了拒绝感，而是很受欢迎，呈现出一种开放的姿态。对于我们村来说，这可能也是一个非常重要的变化，外界对我们的评价也不错，认为我们抓住了要点。乡村振兴的核心工作已经不是扶贫，我们现在要振兴的是文化传统，是精神文明建设，避免不文明现象的发生，让乡村居民形成高素质、高品质的生活感受。

我认为在响堂生活很棒，希望保留近郊乡村的特色。以往城市化的进程中，近郊乡村往往被吞没。但我们希望保留这种乡村的质感，让城市居民能够轻松抵达，体验最近的乡愁，享受山谷里的时光。我们通过这几年的努力，应该说付出了很多，投入的时间和努力都非常大。

我当时提出了一个建议，也获得了大家的认同，包括投资方的认同。过去在进行乡村项目时，可能是邀请一位明星设计师，设计一栋极具特色的建筑，以与原有建筑形成鲜明对比，从而产生视觉冲击。但我们并不需要这样的做法。我们的目标不是创造一个仅供拍照的地点，而是为城市居民提供就近休闲度假的可能性。

因此，我们的建筑设计首要实用，其次，我们尽量减少对环境的影响。新建或改造的建筑不能突兀地出现，成为所谓的"飞碟式"建筑，即那些强制性介入、与周围环境格格不入的建筑。我们经常看到这样的建筑，它们看起来可能非常上镜，吸引了人们前来拍照和传播，但实际上对村民的生活没有任何改善。

对于到访者而言，建筑的功能实现同样重要。我们的设计要让经营者觉得好用，能够做生意，能够招待朋友和到访者，而不仅仅是成为一个拍照的地方。这样的设计理念在民宿设计中得到了很好的体现。原本民宿屋顶计划用的颜色为橘红色，在方案评审时，我要求将其改为更灰调的红色。因为如果保留橘红色，建筑会显得过于突兀。

另外，我们不希望夜晚这里变成喧闹之地，因此我们不允许此处晚上开设酒吧。因为一旦引入此类商业形态，会对村民的生活造成较大影响。有的村民保持着早睡早起的习惯，我们村庄的大部分居民是原住民，他们的生活方式我们不应打扰。我们为了保留原有的特色，采用的是主理人制度。在挑选项目时，我们注重差异化、避免同质化现象。每位主理人都有其独特之处，例如王老师专注于工艺手工艺经营，老万则是城市记忆的收藏者。此外，无论是民宿还是餐厅，如村宴，都具有很强的独特性，它们之间并不重叠。我们并不希望整个村庄仅仅成为民宿的集合，实际上我们在村中是有控制的，并没有将其全部转变为民宿，同样也没有全部转变为餐饮。我们期望的是一个有机增长的过程，这完全符合最初的策划，即在设计过程中不断修改和完善。

《山谷里的时光：响堂村日记》新书的编写思路及职业生涯展望与规划

10 您正在筹备的新书《山谷里的时光：响堂村日记》以随笔的形式记录响堂村焕发新生的整个过程。您可否和大家透露一下您这本书的编写思路，以及通过这本书的出版您希望大家读到什么？

这个想法其实是偶然产生的。有一天，我突然想到，既然我在手机中记录了这么多日常感受，是否应该将它们整理并出版？起初，我有所担忧，因为每天的记录都是零碎的片段。然而，我突然在某一天领悟到了一个道理：由于我们的主题是"山谷里的时光"，一旦将这些零散的文字放入时间的脉络中，它们就会变得非常完整。是的，它们真实地反映了一年的变迁，春夏秋冬的真实写照。尽管阶段性的文字看似零碎，但当它们被恰到好处地嵌入时间的框架中，就会变得非常完整。这也许正是我们的人生

写照。我们从事设计工作的过程也类似于这种拼贴，不同的项目组合在一起，构成一个完整的设计生涯。

我们也在积极推动将响堂村作为南京市传统节日的标志性地点进行报批。我们向南京市提交了申请，希望响堂村能成为中国传统节日的庆祝地点，成立我们的节日工作室，给我们授牌，让响堂村成为南京市端午节的标志性地点。因此，在端午节期间，我们在响堂村举办了许多相关活动。这些活动与栀子花大会时间相重叠，这不仅体现了我们中国人对时间概念的重视，也体现了对土地的深厚情感，体现了对传统文化的现代诠释。

11 您认为这本书对读者，尤其是对建筑和设计领域的专业人士有何启示？

我从事建筑工作已超过 30 年，结识了许多建筑师和设计师，我观察到每个人都非常努力，都在追求效率。然而，我认为我们需要重新思考"效率"这一概念。我相信我们应该更多地在日常生活中去体验和感受，而不是让技术的表象掩盖了生活的本质。生活是由细节组成

的，我们需要用设计师的视角去帮助人们实现对美好生活的向往。

12 您是一位具备强烈文人气质的设计大师，30 多年从城市更新到乡村振兴，您留下了太多精彩的设计作品。面对即将到来的下一个十年，您有怎样的期待和规划？

其实项目肯定是永远做不完的，因为这个世界非常广阔，社会的需求还很大，无论是在实地设计还是城市更新方面，我们可发挥的空间仍然很大。但就我个人而言，我可能在未来的时间里，更希望将我的兴趣爱好融入工作中，尝试进行一些文化创意和文学创作，可能会更多地倾向于这些领域。同时，我也期望从这个角度出发，为城市更新贡献推动力。我们在响堂村提出的口号有一句叫"文艺赋能乡村"。

这个"文艺赋能乡村"是我们村庄非常重要的一个概念。因此，我们村庄举办了许多文化艺术活动。在当代社会，文化艺术活动本身是非常宝贵的。无论是城市更新还是乡村振兴，我们国家目前强调的是提升审美价值观和对文化艺术

的理解力，或者说是文化感。这些方面都需要有人去投入工作。由于我跨界的身份，我认为这可以成为一个强大的助力，或者说一个非常好的思考点。

其中难点在于，如果要将各个领域生硬地割裂开来，这并不容易。设计是我所热爱的领域，不仅仅是作为职业，而是出于个人的喜好。同样，我也非常喜欢写作。实际上，我出版的几本书并非出于事先的计划，而是在与你们出版界朋友的交流中，他们建议并促成我可以出版这些作品。

每个人的时间都是有限的，但如何分配和利用这些时间，是可以由我们自己决定的，时间和空间的关系是明确的，我们每个人的时间都有定数和限制。但在这些有限的时间里，我们可以选择如何生活；同时进行设计和书写，一边设计一边记录感悟其实是挺好的。

13 您认为设计领域在当前经济形势下的未来趋势是什么？设计师应如何应对行业变化？

是这样的，因为以往建筑行业过度依赖

房地产，那么房地产业现在的这个情况对我们甚至所有的业内人士都是有很大的影响的。在这样的大环境下，虽然我们面临着被动的局面，但也存在着主动应对的可能性。这种主动性可能会带来一个更加活跃和充满活力的市场状态，促使大家更加主动地探索和创新。

我认为，这种主动性可能会表现为几种形态。首先，是多元化。以往可能只专注于某一类型的项目，而现在可能会拓展到其他类型，这不仅不是坏事，反而可能有助于提升设计师的设计能力和视野。其次，是日常化。以往我们关注较为抽象的精神层面，现在可能更注重项目的实用性和即时效果。最后，可能是材料语言和建筑成本的平民化，可能是造价和投资方需求的变化，我们可能需要更多地进行平民化、日常化的思考。

然而，在这种背景下，如何继续做好项目、进行优秀的设计，也是一个挑战。过去，我们可能过度依赖高科技、定制化和特定材料。但现在，由于成本控制，我们可能需要做出一些调整和改变。当然，这些变化也可以转化为我们主动前进的动力。

此外，现在也是一个关注内心的好时机。建筑师们现在有机会放慢脚步，给自己一些时间，关注家庭、自己和孩子。我认为这是一个重要的时刻。以前，大家都太过忙碌。现在，这可能是一个时间法则在起作用。我经常说，所有的空间和时间都是相互重叠的，在我们的行业空间可能面临紧缩或压力的同时，我们的时间空间可能会更多地留给自己，为自己提供了调整和思考的机会。

对谈之外的书"缘"

书籍是文化的一种载体，一种物理的呈现。文化呈现在哪里呢？它不是虚拟的，当文化落在纸上的时候要靠人去感受，就跟一座城市一样，我们要去读懂它。城市是时间的容器，城市是历史的见证，如果想要读懂城市，我们必须"一页一页"地去观看。

出版书籍是一种很好的梳理方式。实际上，我认为当前许多事务所和设计师都在主动进行自我整理，这种做法非常有益。当职业生涯发展到一定阶段时，确实需要进行一番整理。通过整理，设计师可能会发现自己职业生涯的轨迹，包括成长变化、不足之处以及值得肯定的方面。这些发现可以帮助明确一个稳定的发展方向。出版过程可以帮助形成自己的判断力。我们在响堂村的新文房工作室未来也将进行一些拓展，除了文化创意和策展之外，我们也希望为更广泛的设计师群体，尤其是年轻设计师，提供一些新的可能性。

实际上建筑师将平时零散的想法和作品通过某种线索整理，会形成一种固化。这个固化过程能够增强信心。这些内容是合理的、完整的、符合逻辑的，会让自己更加坚定地继续前行。有时候，这就像是一个总结报告。通常我们在单位里会被动地写年终总结。然而，主动为自己做一些总结，其价值是不同的。

谨以此书纪念山谷里的时光，致敬所有参与响堂建设工作的新村民、老村民、设计师、领导干部、运营团队。